Katja Wagner
Matteos Abschied
Vom Leben, der Liebe und dem Tod

Impressum
© 2022 Katja Wagner
Umschlagbild: Manfred U. Rott
Foto: Renate Schrattenecker-Fischer
Umschlaggestaltung: Marcella Hagler
Lektorat: Ulrike Moshammer
ISBN: 9783756276264
Herstellung und Verlag: BoD – Books on Demand,
Norderstedt

Katja Wagner

Matteos Abschied

Vom Leben, der Liebe und dem Tod

„Ich bin nicht tot, ich tausche
nur die Räume,
ich leb in euch und geh durch
eure Träume"

(Michelangelo)

Vorwort

Nach der ersten Stunde mit Katja war ich selbst tief erschüttert. Ihr erst dreiundzwanzigjähriger Sohn Matteo studiert in Wien. Einen Teil der Sommerferien verbringt er bei seinen Eltern. In der Nacht werden diese von einem bedrohlichen Röcheln aus Matteos Zimmer geweckt. Die Eltern versuchen alles, um ihn zu retten, jede Hilfe kommt zu spät. Matteo hat keine Drogen genommen und war nicht krank.

Dein Kind stirbt völlig überraschend, mitten im Leben. Seine so vielversprechende Zukunft verschwindet von einer Minute auf die andere im Nichts. Ich habe selbst einen Sohn in Matteos Alter.

Katja erzählt mir genau, was in dieser Nacht passiert ist. Am Ende der Stunde sagt sie mir, sie wolle trotz allem weiterleben, nicht verbittern. Sie möchte für ihren zweiten Sohn, für ihren Mann und auch für sich selbst da sein. Ich möge ihr dabei helfen.

Wir kommen gut miteinander zurecht. Immer wieder sprechen wir auch über ihre Träume. Ich ermutige sie, diese und auch Gedanken und Gefühle aufzuschreiben. Katja liest viel und ich merke, wie gut sie sich mit Worten ausdrücken kann. Ihr innerstes Erleben aufzuschreiben hilft ihr. Oft lesen wir gemeinsam ihre Aufzeichnungen. Sie beeindrucken und berühren mich sehr.

Vier Jahre später ist aus diesem therapeutischen Schreiben ein Buch entstanden. In klarer Sprache, ohne jeden Pathos, erzählt Katja von dem, was sie durchlebt und gefühlt, was sie verletzt und was ihr geholfen hat. Sie erzählt von Schmerz und Verzweiflung und der Sehnsucht nach dem Tod, von Trost, Hoffnung, Ermutigung und der

Freude am Leben. Manche Sätze haben mich beim Lesen staunend innehalten lassen, weil sie so schön sind, andere weil sie so treffend etwas ausdrücken, wo uns sonst so oft die Worte fehlen.

Katjas Buch ist außergewöhnlich, es ist kein religiöses Trostbuch, kein Ratgeber, es will nie belehren und lehrt uns doch vieles.

Manfred Ulrich R. (Psychotherapeut)

Einleitung

Im Sommer 2018 ist der ältere von unseren zwei Söhnen gestorben. Es war eine dieser heißen Sommernächte. Matteo hatte sein drittes Studienjahr in Wien mit großer Leidenschaft hinter sich gebracht und war für ein paar Tage bei uns in Oberösterreich. Während der Nacht wurden mein Mann und ich von ungewöhnlichen Geräuschen aus Matteos Zimmer geweckt. Als wir an seinem Bett standen, ahnten wir, dass er im Sterben lag.

Wir haben alles versucht, Matteo reanimiert, den Notarzt gerufen, gebetet, gehofft. Er konnte nicht mehr gerettet werden. Sein Herz hatte ihm den Dienst verweigert. Nie werde ich diese Nacht vergessen.

Sein Leben hatte erst richtig begonnen, er war voller Elan, Mut und Neugier auf all das, was kommen würde. Matteo und ich waren uns immer sehr nahe. Sein Tod brachte mich an die Grenze dessen, was ich aushalten kann. Ich hatte das Gefühl, den Boden unter den Füßen zu verlieren. Dabei kannte ich den Tod bereits. Meine erste große Liebe war bei einem Motorradunfall gestorben, als ich zwanzig war, und zwei Brüder meines Mannes sind ebenfalls jung gestorben.

Aber diesmal war es anders. Ich war einerseits erfüllt von einer tiefen Todessehnsucht. Andererseits wollte ich für meinen zweiten Sohn und meinen Mann weiterleben. Weniger für mich. Gedanken wie diese konnte ich nicht mit meinem Mann teilen, weil auch er stark unter dem Verlust litt. Ich hatte das Gefühl, dass wir uns in dieser extremen Situation gegenseitig nicht mehr helfen konnten. Deshalb begann ich eine Psychotherapie. Mein Therapeut ermutigte mich, über meine Gedanken und Gefühle zu schreiben. Das habe ich dann getan. Ehrlich und offen darüber schreiben, was in mir ist.

Keinesfalls will ich jemandem etwas raten oder jemanden belehren. Das ist nicht mein Anspruch.

Schreiben

Plötzlich war sie da, diese Idee, zuerst nur vage, dann immer konkreter. Ich will schreiben. Über Matteo, was ihn ausmachte, seine schwierigen Seiten, das Widersprüchliche, vor allem aber über seine Talente und Vorzüge. Und über mich. Teile meines Lebens und meine Gedanken zu Papier bringen. Weniger das Außen möchte ich beschreiben, mehr das, was nicht sichtbar ist.

Wesentlich war für Matteo die Suche nach Wahrheit, auch wenn er beim Erzählen seiner spannenden Geschichten gelegentlich übertrieb, einfach nur um seine Zuhörer in den Bann zu ziehen. Diese etwas abgewandelten Erzählungen stimmten nicht immer ganz mit der Realität überein. Das meine ich nicht. Es ging ihm um Grundlegendes, nämlich darum, eine oft überraschende Erkenntnis hinter dem oberflächlich Sichtbaren zu gewinnen. Nicht dem Mainstream hinterherzulaufen, sondern immer und alles zu hinterfragen, das war sein Anspruch. Dem Kern einer Sache auf den Grund zu gehen und zu bemerken, dass es auch mehrere Wahrheiten gibt, spornte ihn an.

Daher ist es auch meine Absicht, so nahe wie möglich an der Wahrheit zu sein und zu bleiben und darüber zu berichten. Das soll sein Vermächtnis sein, das ich versuche weiterzuführen.

Dass ich bei einem solchen Vorhaben viel von mir, meiner Familie und natürlich von Matteo preisgebe, ist unausweichlich notwendig und ich hoffe, meinen Söhnen dabei gerecht zu werden. Offenheit ist manchmal unangenehm, manchmal auch berührend und schön. Und vielleicht würde Matteo ein kleines bisschen stolz auf seine

Mutter sein, weil sie auch andere Menschen an seinem so kurzen Leben teilhaben lässt. Ein noch besseres Kennenlernen im Rückblick sozusagen. Sicher würde er auch froh sein, wenn Schreiben mir bei der Verarbeitung seines Todes hilft.

Ich möchte es so gut machen, wie ich kann. Nicht perfekt, aber gut sollte es werden. Manchmal ist der Selbstzweifel größer als das Selbstvertrauen und Unsicherheit gefährdet die Begeisterung. Aber ich habe mich entschlossen, den Plan in die Tat umzusetzen, Matteo zu Ehren, für ihn und für mich.

Also gehe ich mit Mut an die Sache heran und hoffe, aus meinem Gedächtnis Erinnerungen hervorholen zu können. Irgendwo sind die Erlebnisse, die Gespräche, die Gefühle abgespeichert. Ich werde mich darauf einlassen und vertrauen, dass mir immer wieder etwas, das sich zu erzählen lohnt, einfällt. Ein wenig muss ich dabei auf mich achten, darf mich nicht überschätzen und mir kein Zeitlimit stellen. Geduld mit mir haben, weil auch die traurigen, verzweifelten Stunden wieder ihren Raum beanspruchen werden.

Wohin mich dieser Weg führt, steht in den Sternen. Aber wer weiß schon so genau, wohin ihn sein Weg führt und wann er endet.

Die Urnenbeisetzung

Ich hätte nie geglaubt, wie schwer eine Urne wiegt. Sie anzufassen, im Arm zu halten kostete mich enorme Überwindung. Die Urne wurde uns von der Bestatterin in einem Karton gebracht, zusammen mit zwei kleinen Metalldosen, die ebenfalls Asche enthielten. Name, Geburtsdatum und Sterbedatum standen darauf. Wir dachten daran, einen kleinen Teil der Asche unseres Sohnes irgendwann an einem Ort, der uns passend erscheinen würde, zu verstreuen.

Mein Vater drechselte ein Gefäß, in das wir die Urne hineinstellten. Er legte all sein Können und all seine Liebe in die glatte, geschwungene Holzurne. Zwei Tage bewahrten wir sie noch im Haus auf, bevor sie von Silas tapfer in einem Akt der Bruderliebe von der Kirche zum Friedhof getragen wurde. Asche hatte ich mir immer so leicht vorgestellt.

Sieben Personen, stehend bei sengender Hitze am zukünftigen Grab, blickten abwechselnd zum Pfarrer und in das kleine Loch, in das wir die Urne stellen würden. Wie passend für den zierlichen jungen Mann, dessen sterbliche Hülle nun beigesetzt wurde.

»Ein Kind zu gebären und es dann wieder an Gott herzugeben ist wohl das schwierigste Opfer, das Eltern auferlegt werden kann …«, meinte der Pfarrer bei seiner Ansprache.

Er fand tröstende Worte, die er an uns Eltern und auch an die Freundin richtete. Tief überzeugt sagte er: »Und deine Seele ist unsterblich …«

Wie gerne würde ich an Gott und an die Unsterblichkeit der Seele glauben und mich in meinem abgrundtiefen, unerträglichen Schmerz daran festhalten.

(Un-) Glaubensgespräch mit Matteo

Matteo: »Mama, glaubst du an ein Leben nach dem Tod?«
Meine Antwort: »Eigentlich nicht, ich glaube, dass man in der Erinnerung seiner Freunde und Familie, der Menschen, die einen lieben, weiterlebt.«
Matteo: »Ich bin Agnostiker.«

Was war denn das schon wieder? Matteo, ein Student der Geisteswissenschaften, benützte gelegentlich Fremdwörter, mit denen ich nichts anfangen konnte.

Matteo: »Man kann nicht sagen, dass es Gott gibt, genauso wenig, wie man behaupten kann, dass es ihn nicht gibt. Vielleicht besteht noch etwas von uns weiter nach dem Tod. Man wird sehen, wie es wird.«

Wir unterhielten uns öfters über philosophische, gesellschaftliche und spirituelle Themen. Nur wenige Monate später trat ein, was er vielleicht in einer unbestimmten, ungewissen Vorahnung angesprochen hatte. Alles, was wir miteinander in einer gewissen Leichtigkeit diskutiert hatten, bekam nun ein ganz anderes, ein schweres Gewicht.

Hinter der Fassade – Philosoph und Menschenfreund

Frech, schlagfertig, witzig, nicht zurückhaltend, überbordendes Mitteilungsbedürfnis, pausenloses Reden, Alphamännchen, dominant, Aufmerksamkeit erregend, unverschämt, Klassenkasper, Clown, nie spaßgebremst, skeptisch gegenüber Autoritätspersonen, Regeln und Anforderungen hinterfragend, andauernd diskutierend, nachdenklich, ruhelos, rastlos und anstrengend.

Ein Denker und Philosoph, der sich weigerte, Arbeiten, die ihm langweilig oder nicht notwendig erschienen, zu erledigen. Zumindest ging einer Erledigung eine halbstündliche Diskussion ob der Sinnhaftigkeit dieser Arbeit voraus.

Minimalist in materiellen Dingen und schulischen Leistungen. Ich konnte und wollte ihn nicht verändern, seinen Widerspruchsgeist nicht brechen, obwohl er uns mit seiner manchmal nervenaufreibenden Art zur Verzweiflung gebracht hat.

Er wollte – vielmehr konnte – sich den gesellschaftlichen Konventionen nicht immer anpassen und hatte den Mut, unangenehme Dinge auszusprechen. Er versuchte hinter dem Schein der Wahrheit näherzukommen. Man musste ihn dafür gernhaben.

Seine Deutschlehrerin bezeichnete ihn einmal als Denker, worauf er besonders stolz war. Nachdenken, den Dingen auf den Grund gehen und dabei sich selbst nicht immer allzu ernst nehmen bezeichne ich als seine hervorstechendsten Eigenschaften. Obwohl er langen Reden nicht abgeneigt war, konnte er auch gut und genau hinhören. Die Probleme seiner Freunde waren auch seine und sie durften sich seiner seelischen Unterstützung sicher sein.

Nicht nur Freunde und Familie wurden Zeuge von seiner Empathie und seinem aufrichtigen Interesse, auch etliche Bettler und Obdachlose in Wien. Aufgrund seines chronischen Geldmangels reduzierte sich die anfängliche Ein-Euro-Gabe und er ging dazu über, ihnen eine Tschick zu spendieren. Beim gemeinsamen Rauchen verwickelte er sie in ein Gespräch, schenkte ihnen Zeit und Aufmerksamkeit und gab ihnen ein Stück Würde zurück.

Für seinen Weitblick, seine Kontaktfreudigkeit und seine offene Freundlichkeit Menschen am Rande der Gesellschaft gegenüber, seine Strahlkraft, seinen Sinn für soziale Gerechtigkeit, seine Abneigung gegenüber Macht und Gier und zu hohem Leistungsdruck bewundere ich ihn noch immer.

Schule und Ampelsystem

Das Ampelsystem in der Hauptschule besagte, dass ein Schüler bei einem Vergehen wie wiederholtem Schwätzen, ständiger Unaufmerksamkeit, frechem Verhalten oder verbaler Entgleisung einen Schlechtpunkt bekommt. Zuerst einen grünen, dann einen orangen und beim dritten Mal den roten Schlechtpunkt, der einen Klassenbucheintrag mit gleichzeitiger Information der Eltern zur Folge hatte.

Jede Woche ohne Nachricht im Mitteilungsheft ließ mich aufatmen. Einmal, als Matteo zwei Einträge innerhalb einer Schulwoche erhalten hätte, teilte sie seine liebe Deutschlehrerin auf zwei Wochen auf, mit den Worten »Lass uns die Nerven deiner Mutter schonen ...« Ich war ihr dafür sehr dankbar.

Matteo suchte ständig Kontakt zu seinen Mitschülern, was klarerweise während des Unterrichts zu störenden Situationen führte. Ob gelegentliche Langeweile oder pubertäre Rebellion die Hauptrolle dabei spielten oder schlicht und einfach der Umstand, dass er trotz Aufzeigens oft übergangen wurde, kann ich aus heutiger Sicht und nur auf Basis seiner Aussagen nicht mehr beurteilen.

Einmal war im Mitteilungsheft von einer »verbalen Entgleisung« die Rede. Auf Nachfrage bei meinem 13-jährigen Sohn, worin denn die »verbale Entgleisung« bestanden habe, bekam ich Folgendes erzählt: Der Mathematiklehrer hatte von einem neu angeschafften Deckenventilator berichtet, worauf Matteo laut und provokativ meinte: »Ah, der Herr Lehrer hat sich einen Vibrator zugelegt.« Gelächter war ihm sicher, vor allem vonseiten der MitschülerInnen. Zugegeben, ich vermied ein vertiefendes Gespräch in dieser Sache und ermahnte ihn, braver zu sein und seine Lehrer nicht in Verlegenheit zu bringen oder zu ärgern.

Matteo wunderte sich darüber, dass einige Mitschüler den Lehrern zu Weihnachten oder am Ende eines Schuljahres Geschenke überreichten. Sein Mathelehrer erhielt von einem Mitschüler vor den Weihnachtsferien ein kleines Packerl. Der Lehrer hielt es hoch, betrachtete es von allen Seiten und meinte dann: »Was wird denn da wohl drinnen sein?«

Matteo spontan: »Sicher eine Zeitbombe.« Jetzt musste sogar der Lehrer lachen.

Ein unsichtbares Band

Ich glaube, nicht zu übertreiben, wenn ich sage: Unsere Beziehung war innig, speziell, vertraut. Wir tauschten uns über Gesellschaft, Politik, Religion, über Gott und die Welt aus und vertraten oft ähnliche Ansichten, konnten aber auch gut und mit Respekt über kontroverse Themen diskutieren. Erwähnenswert dabei war sein Talent, Dinge auf den Punkt zu bringen und mit eindrucksvollen Argumenten seinen Standpunkt zu untermauern. Oft dachte ich mir: Genauso hätte ich es auch formulieren wollen.

Nie werde ich meinen geliebten Sohn ganz loslassen können. Jemand müsste mir schon mein Herz herausreißen, um mich von ihm zu trennen. Lieber ertrage ich die unstillbare Sehnsucht, als das Geringste von ihm zu vergessen. An der Liebe zu ihm hat auch der Tod nichts geändert und ich bin überzeugt, seine Seele wiederzuerkennen und zu spüren, wenn der Zeitpunkt gekommen ist.

Todessehnsucht

Der Gedanke, dort zu sein, wo Matteo war, bestimmte die ersten Wochen nach der Katastrophe. Die Todessehnsucht begleitete mich.

Wenn sich Angst und Verzweiflung breitmachten, wenn sich kein Weg und kein Ziel mehr zeigten, wenn ich mich verlassen und verloren glaubte, wenn sich der Kampf nicht mehr lohnte und alles sinnlos erschien, dann wurde der eigene Tod zu einer Möglichkeit. Mein Leben wie ein Kleid ablegen, mich aus dem Staub machen, um die Qual nicht mehr ertragen zu müssen. Diese Sehnsucht erfüllte mich jeden Tag. Der Tod machte mir keine Angst mehr. Nur, wie sollte ich es anstellen, dorthin zu kommen?

Ich erschrak vor mir selbst. Ich wollte wieder weg von diesen Gedanken. Vielleicht sollte ich meinen Schmerz in Alkohol ertränken oder zu (den gepriesenen Versprechungen der) Antidepressiva greifen? Vielleicht könnten sie mich aus meinem Jammertal herausholen und wieder ein normales Mitglied der Gesellschaft aus mir machen?

Ich wollte mich betrinken, um die schrecklichen Bilder zumindest für ein paar Stunden zu vergessen. Aber nicht einmal das brachte ich zuwege. Irgendetwas Selbstzerstörerisches würde mir doch um Himmels Willen einfallen!

Noch nie fühlte ich eine derartige Last auf mir, eine Last, die mich zu erdrücken drohte und die mir meinen Lebenswillen und meine eigene Daseinsberechtigung nahm. Das eigene Leben hatte keinen Wert mehr und ich wünschte mir sehnlichst, die Zeit zurückdrehen zu können. Alles hätte ich dafür gegeben.

Doch im Inneren meiner Seele spürte ich auch etwas anderes, einen Gegenpol: Ich durfte und wollte nicht an diesem Schicksal zerbrechen, ich durfte nicht aufgeben. Nicht wegen mir, sondern wegen meiner übrigen Familie. Ich erkannte aber auch: Ich brauchte Hilfe, jemanden von außerhalb der Familie, die genauso belastet war, ansonsten würde ich das alles nicht mehr schaffen.

Der Flyer, den mir der Kriseninterventionsdienst des Roten Kreuzes in die Hand gedrückt hatte, musste irgendwo liegen. Ich las die Namen der PsychologInnen und PsychotherapeutInnen und befand, dass es niemand vom Krankenhaus sein durfte, weil Matteo dort starb und ich dort arbeite. Intuitiv wählte ich eine Telefonnummer. Bereits für den nächsten Tag erhielt ich einen Termin und das überraschte mich.

Finn

Einmal fand Matteo im Dachbodenzimmer eine grell gemusterte Mappe im 70er-Jahre-Stil mit Singles deutscher Schlager. Rex Gildo, Chris Roberts, Wenke Myrre ... – für meinen Sohn unbekannte Sänger aus vergangenen Zeiten. Jene Mappe war ein besonderer Schatz für mich, nicht materiell – ich mochte keine deutschen Schlager –, sondern sie erinnerte mich an die Person, der sie gehört hatte.

Ich hatte meinen Kindern nie erzählt, dass ich, bevor ich ihren Vater kennenlernte, einen Freund hatte, der bei einem Motorradunfall ums Leben kam. Auch wenn unsere gemeinsame Zeit nur kurz war, war es eine sehr wichtige und intensive Zeit für mich. Durch Matteos Fund war der Zeitpunkt gekommen, von meiner ersten großen Liebe zu berichten.

Wir lernten uns auf einem Ball kennen und sprachen angeregt und interessiert miteinander, als mich ein Mann vom Nebentisch anquatschte. Ich ließ mich in meiner Konzentration nicht stören, ignorierte seinen Kommentar, dass ich arrogant sei, denn ich hatte nur mehr Augen für meine neue Bekanntschaft. Plötzlich kam der vom Alkohol sicher schon enthemmte Mann auf Finn zu und schlug ihm überraschend ins Gesicht. Finn blieb cool, fast lässig, machte keine Anstalten von Gegenwehr und meinte nur, dass es gar nicht schlimm sei, auch wenn Blut aus der Nase tropfte. Ich lief zur Wirtin und bat sie um Verbandszeug, tupfte ihm das Blut vom Gesicht und sagte ihm, wie leid es mir täte. Spätestens in diesem Augenblick verliebte ich mich in den witzigen, mich beschützenden, liebenswürdigen, sanften Mann.

Dieser Abend, der so jäh endete, war der Beginn einer Beziehung. Wir trafen uns bald wieder, ich musste ja feststellen, ob seine Wunde im Gesicht gut verheilte. Das war der vorgeschobene Grund, den wahren fühlten wir im Herzen. Wir erzählten von uns und machten uns vertraut. An seinem 30. Geburtstag sagte er mir, er würde gerne mit mir leben. Sein Wunsch machte mir ein wenig Angst, denn seine Eltern besaßen ein Gasthaus und ich hatte eigene Berufspläne. Wirtin zu sein, war darin nicht vorgesehen. Ich sagte es ihm und Finn versicherte mir, dass es für ihn keine Rolle spiele. Ich denke, auch er wollte das Gasthaus seiner Eltern nicht weiterführen.

Einmal stellte er mich auf die Probe, was er mir gleich darauf gestand. Wir gingen gemeinsam essen und er machte der Kellnerin ein nettes Kompliment. Er wollte meine Reaktion sehen. Würde ich beleidigt sein oder eifersüchtig reagieren? Ich glaube, er war überrascht, denn ich freute mich mit der Bedienung und über meinen charmanten Freund.

Man kann mir einige Charaktereigenschaften, vielleicht Arroganz, vielleicht Ungeduld, vorwerfen. Eifersucht gehört nicht dazu, diese Emotion kenne ich kaum. Niemand kann Liebe festhalten oder erzwingen. Sich an einen Menschen zu klammern würde das Gegenteil vom Gewünschten bringen. Da war ich ganz pragmatisch, denn entweder man mochte oder liebte mich, oder eben nicht.

Der Tod beendete unsere Beziehung, die nur fünf Monate dauern sollte. Finn verunglückte mit dem Motorrad und erlag einige Tage später seinen schweren Verletzungen. Unser junges Glück verwandelte sich mit einem Schlag in tiefstes Unglück. Kurz vor meinem 20. Geburtstag hatte ich zum ersten Mal erfahren, wie der Tod eines geliebten Menschen das Leben von Grund auf verändert und wie man versuchen muss, das Loch in der Seele zu kitten.

Trauerratschläge

Allen Eltern ist bewusst: Die schlimmste aller Vorstellungen ist, ein Kind zu verlieren. Ich erlebte, wie es ist, wenn einem ein Kind stirbt. Ein Albtraum wurde wahr, der noch viel, viel schrecklicher ist, als ich je gedacht hätte. Und der Wahnsinn daran ist, der Albtraum hört und hört nicht auf …

Gut gemeinte Ratschläge wie

- »Das Leben muss weitergehen!« (Das geht ja noch.)
- »Schaut nach vorne!« (Ich schaue hin, wohin ich will!)
- »Bei ihm da oben ist er gut aufgehoben.« (Frechheit!)
- »Jetzt habt ihr einen eigenen Schutzengel.« (Ja, einen solchen wollte ich schon immer haben …)
- »Jesus war auch erst 33, als er starb.« (Sind die noch bei Trost?!)

machten mich eher wütend, als mich zu trösten.

Wir sollten uns melden, wenn wir Hilfe bräuchten. Glaubte wirklich jemand, wir würden das in diesem Zustand machen? Der Boden wurde mir unter den Füßen weggezogen, ich fiel immer tiefer und tiefer. Ein zutiefst trauernder Mensch ruft niemanden an, weil ihm die Kraft dafür fehlt.

Ich fühlte mich (in Hinsicht auf soziale Kontakte) zwiegespalten. Auf der einen Seite mied ich meine Mitmenschen, auf der anderen Seite wünschte ich mir jemanden, der imstande war, mich in diesem trostlosen Zustand auszuhalten. Wem konnte ich mich zumuten, verbittert und vom Leben ungerecht behandelt?

In unserer Gesellschaft, in der seichte Unterhaltung, oberflächliches Vergnügen und die Fassade zählen, haben Traurige und Trauer keinen Platz. Psychisch angeschlagen zu sein ist ein Makel. Einmal verkroch ich mich und am nächsten Tag war ich wieder froh, wenn ich jemanden zum Reden hatte und mein Herz ausschütten konnte. Vielleicht war es aber auch so, dass *mich* die Menschen mieden, denn ich hatte den Eindruck, dass sich viele zurückzogen. Keiner redet gern über den Tod, vor allem wenn er so konkret ist. Gerne verdrängen wir ihn, aber irgendwann wird er für uns alle konkret, niemand bleibt verschont davon!

Wenn wir endlich mit unserer Trauer »fertig wären«, so hofften alle, wären wir wieder wie früher. Doch es wurde nie wieder so, wie es war. Mein Leben wurde zweigeteilt in Vorher und Nachher. Meine heile Welt war zerbrochen und auf den Kopf gestellt und manchmal glaubte ich, verrückt zu werden und nicht mehr standhalten zu können. Und dann stellte ich fest, dass, wenn ich nicht mehr gegen den Schmerz ankämpfte, er von alleine wieder leichter wurde.

Zum Glück gab es auch Freunde und Arbeitskollegen, die passende Worte parat hatten. Ein »Es tut mir so leid« oder »Ich weiß nicht, was ich sagen soll« oder »Ich denke so oft an dich, an euch« reichte.

Nach 10 Monaten

Feste zu feiern oder Einladungen zu Geburtstagen anzunehmen ist mir nicht möglich. Entweder protestiert ein Teil von mir gegen das Universum oder ich bade in Selbstmitleid, was ich mir eigentlich verbiete. Überhaupt ist mein Interesse an den üblichen, alltäglichen Gesprächen mit Bekannten und Verwandten über ihre Sorgen, die in Wirklichkeit bedeutungslos sind, überschaubar und enden wollend.

Ich fühle mich deplatziert, fremd, einsam inmitten der Menge. Ganz sicher gehöre ich nicht in die fröhliche, laute, überdreht feiernde Gruppe oder Menschenmenge. Wahrscheinlich habe ich nie dorthin gepasst. Wenn ich mich dann doch einmal überwinde, zu einer Feierlichkeit zu gehen, breitet sich in mir eine Art Heimweh aus und ich möchte nur mehr zu Hause sein. Mein Wunsch nach Ruhe steigert sich, denn nur in dieser kann ich Kraft tanken. Selten in der Ablenkung, sie lenkt mich ab von dem, was mir wesentlich erscheint.

In der Stille und der Meditation verbinde ich mich mit meinem verstorbenen Kind und mit Gott, manchmal lässt es sich nicht unterscheiden. Ich finde sie im Herzen und im Kern meines Inneren. Gelingt diese Verbindung nach »oben«, lässt die Sehnsucht nach. Ich fühle mich freier, gelöster. In solchen kostbaren Momenten fühle ich ein tiefes Glücksgefühl in mir.

Um Matteo nahe zu sein, brauche ich nicht das Grab aufzusuchen. Vielen Hinterbliebenen vermittelt ein Grabbesuch diese oben beschriebene Verbundenheit und erwünschten Trost. Mein Weg ist es nicht.

Ich konnte ihn nicht mehr in der neuen Wohnung besuchen, die er eine Woche nach seinem Tod mit seiner Freundin beziehen wollte. Ihn stattdessen am Grab zu besuchen erlebe ich als perfiden Zynismus des Lebens.

Rugia

Eines Tages kam mein 15-jähriger Sohn auf die Idee, dem Mittelschülerkartellverband Rugia, einem konservativen, christlichen Männerbund, einer Burschenschaft, beizutreten. Er wählte den Verbindungsnamen Lotharus. Viele Fußballfans verbinden seinen Namen mit Lothar Matthäus, dem ehemaligen deutschen Fußballstar.

Als »Leibfuchs« war er einem älteren Vereinsmitglied unterstellt. Gehorsam und Dienen waren angesagt. Nichts Widersprüchlicheres konnte ich mir für ihn vorstellen. Sein Aufstieg erfolgte über den »Großfuchs« und den »Brandfuchs« bis hin zum »Burschen«. Er betonte, dass es sich dabei nicht um eine schlagende Burschenschaft handelte, sondern um eine farbentragende Verbindung.

Ich sah keinen Unterschied, da und dort trugen Männer goldfarbige Bänder und runde, bunte Kappen, nur die Säbel waren unscharf und wurden nicht für Mensuren (Fechtkämpfe zwischen den Mitgliedern einer Studentenverbindung) verwendet. Das wäre ja wohl das Letzte für meinen Sohn gewesen, der körperlichen Kämpfen stets aus dem Weg ging.

Gelegentlich berichtete er mir von honorigen Persönlichkeiten, die bei einem Linzer Bruderverein zu Gast waren. Einmal kündigte sich der ehemalige Raiffeisendirektor an. Matteo verstand den Rummel um seine Person nicht, da er um dessen Prominenz nicht Bescheid wusste. Dem wichtigen Herrn wurden sämtliche Türen aufgehalten, die teuerste Flasche Wein kredenzt und mit Unterwürfigkeit wurde er hofiert. Der Männerbund weiß, wie man Netzwerke pflegt.

Die Kameradschaft, die Exklusivität, der Alkohol, das Netzwerk unter den Vereinsmitgliedern war, so vermute ich, für ihn ein Beweggrund zum Beitritt. Und aufgeschlossen für Neues war er immer.

Die Gelegenheit, mit einigen Schulkollegen auf der »Bude« die Mittagspause vor der Turnstunde zu verbringen, bot sich auch manchmal an. Sie tranken Bier, das von Veranstaltungen übriggeblieben war. Der nette Turnprofessor beklagte sich nicht einmal über den Bierdunst, den er sicher roch. Nichtsdestotrotz freute er sich über die Anwesenheit seiner Schüler, die extra am Nachmittag an der Turnstunde teilnahmen, und belohnte ihre eifrige Mitarbeit mit einem »Sehr gut« im Zeugnis.

Im Laufe seiner Schulzeit im Gymnasium musste er sich wegen seiner Mitgliedschaft bei der Rugia zunehmend verteidigen, waren seine Freunde doch mehrheitlich alternativ, liberal denkend. Allmählich identifizierte Matteo sich mit den Werten und Bräuchen der Burschenschaft immer weniger, auch wenn er einige Freundschaften schätzte. Ein Gesinnungswandel wurde eingeläutet und er trat nach 3 Jahren aus der Verbindung aus.

Essen

Meinem heiklen Kind war Essen als solches unwichtig. Schon von klein an schien es für Matteo reine Zeitverschwendung zu sein – etwas, das er schnell hinter sich bringen wollte, weil die wirklich wichtigen Dinge auf ihn warteten: mit Freunden Fußball oder Karten spielen, die Gegend unsicher machen, der Mama vom Schulalltag berichten oder den kleinen Bruder ein wenig aus der Reserve locken.

Von Genuss keine Spur und von gesunder Ernährung, vielleicht sogar mal Gemüse, ganz zu schweigen. Ich wollte konsequent sein und er war stur. Könnte aber auch umgekehrt gewesen sein. Oft lagen wir uns wegen dieser Sache in den Haaren.

Er gab mir das Gefühl, in meiner Erziehung unzulänglich zu sein, wenn nicht sogar versagt zu haben. Und das nicht nur, was das Essen betrifft. Sein Durchsetzungsvermögen war famos. Während es mit seinem Bruder kaum Streit gab, fochten wir beide regelmäßig unsere Kämpfe aus.

Rauchen

Einmal im Monat klärte ich Matteo über die Schädlichkeit des Rauchens auf, so als ob diese einem gebildeten jungen Erwachsenen nicht hinlänglich bekannt wäre. Ich probierte es mit allen Mitteln (Geld, Lob), um ihn vom Glimmstängel abzubringen, und sprach seine Intelligenz, die hohen Kosten, seine Gesundheit an. Allein, es half nichts.

Im Laufe von härteren Diskussionen dürfte ich auf eine tiefere Stufe gefallen sein und ihn verletzt haben. Matteo formulierte es folgendermaßen: »Für dich sind Raucher Menschen zweiter Klasse.« Das traf.

Es stimmte, ich fühlte mich überlegen, waren Raucher doch schwache Menschen, unfähig, ihr Laster aufzugeben. Er hielt mir einen Spiegel vor und zeigte mir meine Überheblichkeit auf. Er hatte mich ertappt. War ich doch nicht so tolerant, wie ich zu sein glaubte? Dabei hatte ich in jungen Jahren selbst geraucht!

Ich wollte mich damit abfinden, dass es seine eigene Entscheidung war, und sah irgendwann ein, dass ich mit meinen Sprüchen über das Rauchen keinen Erfolg bei ihm haben würde und ihm nur ein schlechtes Gewissen machte. Doch ganz konnte ich es nicht lassen, ihn von Zeit zu Zeit daran zu erinnern, zumindest bis zum Alter von 30 Jahren Jugendsünden wie das Rauchen aufzugeben.

Ein neues Kind

Im Schmerz, im Ausnahmezustand, jedoch auch analytisch denkend, ging ich verschiedene Möglichkeiten durch, wie mein Mann und ich noch ein Kind bekommen könnten.

Auf natürlichem Weg bestand keine Chance mehr. Der Zug war abgefahren, da mir die Gebärmutter entfernt worden war. Also war die erste spontane Überlegung: Ich gebe meinen Mann frei. Großzügig machte ich ihm das Angebot, sich eine neue Partnerin zu suchen, um noch mal ein Kind zu zeugen und Vater zu werden. War ihm doch unser Matteo wie aus dem Gesicht geschnitten. Mein Wunsch sollte zu seinem werden.

Was hatte ich mir eigentlich bei diesem Vorschlag, den ich ihm immerhin dreimal machte, gedacht? Er würde ihn annehmen, ausziehen, mich verlassen, um mit einer jüngeren, gebärfähigen Frau ein neues Leben zu beginnen? Mein Mann reagierte irritiert, mein Gedanke befremdete ihn. Nein, auf keinen Fall wolle er wieder von vorne anfangen und warum ich überhaupt auf so eine dumme Idee käme?

Für mich war das Ende der Fahnenstange noch nicht erreicht, meine Gedanken führten mich dank des Internets weiter. Der Reproduktionsmedizin sind heute fast keine Grenzen mehr gesetzt. Frauen ohne Partner und lesbische Frauen können sich mithilfe künstlicher Befruchtung mit einer Samenspende den Wunsch auf ein eigenes Kind erfüllen.

Mehr noch, selbst schwule Männer gelangen unter erheblich größerem Aufwand zu einem eigenen Baby. Sie benötigen neben eigenem Samen eine Eizellenspenderin und Leihmutter, die ihre Gebärmutter für die Dauer einer

Schwangerschaft zur Verfügung stellt. Nur die finanziellen Mittel müssen ausreichend vorhanden sein. Ärzte und Kliniken im Osten, vor allem in der Ukraine, bieten die kostengünstigsten Varianten an. Leihmutterschaft ist in Österreich verboten. Die Reproduktionsmedizin boomt, ist ein großes Geschäft geworden.

Ich erzählte also meinem Mann von Schwulen mit Kinderwunsch. Er reagierte nicht im Ansatz darauf und verstand meinen Wink mit dem Zaunpfahl nicht, meinen bizarren Überlegungen konnte er nicht folgen.

Das war auch besser so. Welchem Wahn war ich eigentlich verfallen? Wie weit war es mit mir gekommen? Können Trauer und Schmerz einen Menschen verrückt machen, in den Wahn treiben? Ein Kind auf Bestellung mit Preisetikett? Was biologisch nicht mehr möglich war, wollte ich auf künstlichem Weg egoistisch erreichen. Es dauerte etliche Monate, bis ich mit diesem Thema abschließen konnte.

Der Vorgesetzte

Die Hierarchie in einem Krankenhaus mutet gelegentlich seltsam an. Es gibt den normalen Mitarbeiter (Unterbau), den Mittelbau (Oberärzte, Abteilungsleiter) und den Oberbau (Chefärzte). Einige Chef- oder Primarärzte tendieren dazu, ein Anliegen nicht direkt, sondern über eine Person aus dem Mittelbau an MitarbeiterInnen herantragen zu lassen. Sie halten genügend Abstand zum Fußvolk, um damit ihre Wichtigkeit zu demonstrieren.

Als ich wieder zu arbeiten begann, konfrontierte mich mein Abteilungsleiter mit einer Beschwerde eines Primararztes. Mein Urlaub müsse endlich abgebaut werden.

Ich war zutiefst verletzt. Das einzige Interesse an meiner Person und meinem Schicksal, das er zeigte, war, dass die Zahlen in der Statistik seiner Abteilung passten. Sein korrektes, perfektes Bild der Leitung seiner Abteilung war durch mich empfindlich gestört worden. Ich hatte noch 30 Urlaubstage. Was für ein lächerliches Problem. Viele KrankenhausmitarbeiterInnen haben Resturlaubstage auf ihrem Konto und es wird kein Drama deswegen veranstaltet.

Wusste er nicht, was mir passiert war und dass ich meinen Sohn so tragisch verloren hatte? Ich war verletzt von so viel Unverständnis und Gefühllosigkeit, denn meine lange Abwesenheit war ihm wohl bekannt.

Ich hatte meine Verletzung nicht vergessen und ihm noch nicht verziehen, als er mir über den Weg lief und mich nach meinem Befinden fragte. Ich suchte nach einer Beschreibung meines Zustandes, wollte ihm mein inneres Auf und Ab erklären. Ich merkte, dass er ein bisschen ungeduldig wurde und ihm meine Schilderung zu lange dauerte. Weil es einer dieser schlimmen Tage war, sagte ich dann nur mehr: »Es geht mir schlecht!«

»Ich halte fest, Ihnen geht es schlecht.«

Wie bitte, kein Warum? Kein Weshalb? Gut, wenn er etwas festhalten möchte … Ich wechselte das Thema.

»Herr Primar, Sie haben ein Problem mit meinem Resturlaub?«

»Ja, ich bekam vom Controlling wegen Ihnen eine Rüge.«

»Ich war sechs Monate krank, ich nehme an, Sie kennen den Grund.« Er verneinte.

Viele Mitarbeiter des Hauses kannten meine Geschichte, da am Tag des Begräbnisses in unserer Abteilung auf Notfallbetrieb geschaltet wurde und dafür die Erlaubnis der Krankenhausleitung eingeholt werden musste. Über den Notfallbetrieb wurden sämtliche Abteilungen mittels Hauspost informiert. Meinen lieben Arbeitskolleginnen und -kollegen wurde dadurch die Teilnahme am Begräbnis ermöglicht. Das war nicht mein Wunsch, aber es hat mir gutgetan, in dieser schweren Stunde Unterstützung zu haben.

Vielleicht war der Primar zu dieser Zeit auf Urlaub und er erhielt später keine Information mehr. Unwahrscheinlich aber nicht unmöglich. Nun stellte sich mir folgende Frage: Warum erkundigte er sich nie nach mir? Wie unwichtig, uninteressant, belanglos kann eine Mitarbeiterin nur sein, wenn in sechs Monaten keine einzige Nachfrage erfolgte. Ich hätte ja auch an Krebs erkrankt sein können.

Ich bemerkte daher ihm gegenüber, dass ich es für unwahrscheinlich hielt, dass er nicht Bescheid wisse, worauf er meinte, ich bezichtige ihn der Lüge. Das Gespräch drohte aus dem Ruder zu laufen. Ich lenkte ein.

»Okay, Sie wussten von nichts.« Ich konnte es nicht sein lassen. »Und Sie haben bei meinem Vorgesetzten bei den monatlichen Besprechungen nie nachgefragt?« Auf diese Frage bekam ich keine klare Antwort.

Warum war ich nur so unverschämt, einem angesehenen Primararzt, einem »Gott in Weiß« Vorwürfe zu machen? Er hatte mich tief verletzt, er ritt auf meinem Urlaub herum, anstatt mir mit Menschlichkeit und Verständnis zu begegnen. Sein stets freundliches Lächeln war oberflächlich und gleich darunter war das eigene bedürftige Ego, das sich in der Darstellung seines perfekten Selbst übte.

Ich teilte ihm mit, dass mein Sohn gestorben war. Sein Mund sprach von Mitleid, doch seine Augen blieben kalt und zeigten keine Spur von Entsetzen. Er setzte eine beleidigte Miene auf, drehte sich um und ging weg. Keine Frage, was passiert war, nicht einmal medizinisches Interesse formulierte er. Ich habe es gewagt, seine Glaubwürdigkeit anzuzweifeln und ihm sein unsensibles Verhalten aufzuzeigen. Was für eine Anmaßung für eine Frau aus dem Unterbau.

Psychotherapie

Ich saß im Wartezimmer und wollte am liebsten wieder umdrehen und nach Hause gehen. Psychotherapie – konnte mir das helfen? Was soll ich sagen? Was wird mich der Therapeut fragen? Bekomme ich eine Anleitung zum Weiterleben? Komplettes Neuland, das ich betreten würde.

Mein jüngerer Sohn, dem ich meine Absicht mitteilte, meinte knapp, Psychologen hätten häufig selbst Probleme. Ich schnitt ihm das Wort ab und erwiderte, dass ich mich vorurteilsfrei in Therapie begeben möchte. Wenn es nicht klappte, könnte ich sie jederzeit beenden.

Unsere gerade erwachsen gewordenen Kinder denken oft, alles besser zu wissen, und sparen nicht mit Kommentaren, ob hilfreich oder nicht.

Die Tür öffnete sich, ein Mann gab mir die Hand und begrüßte mich. Sein Alter schätzte ich in etwa wie meines und das war gut. Es bedeutete Lebenserfahrung und er wirkte sympathisch.

Ich zeigte ihm das Totenbildchen und er fand, dass Matteo ein Sonnenschein gewesen sein muss mit seinem hübschen, schelmischen Lächeln. Wie recht er hatte. Oft brachte Matteo uns mit seinem Witz, seinen Parodien, seinen leicht übertriebenen Geschichten und seinen »fotogeshopten« Bildern zum Lachen.

Unter Tränen erzählte ich von meinem Sohn, seinem Tod und meinem Leid. Eine Anleitung bekam ich nicht, dafür aber einen Satz mit auf den Weg. »Es ist, wie es ist.« Man kann die Vergangenheit nicht mehr ändern. Das war hart. Aber ich wiederholte ihn an den folgenden Tagen immer wieder, wie ein Mantra.

Ein Traum

Neulich träumte ich Folgendes: Ich gehe zur Psychotherapie. Wir gehen ins Freie und setzen uns auf eine Bank. Ich blicke zu dir auf und plötzlich hattest du das Gesicht einer Frau.

Sie sagt zu mir: »Akzeptiere einfach die Liebe.« Darauf gibt sie mir einen zarten Kuss auf die Stirn.

Träume

In den ersten Monaten, nachdem Matteo gestorben war, wünschte ich mir nichts sehnlicher, als von meinem Kind zu träumen. Wenn ich ihn schon nicht mehr lebendig bei mir haben konnte, sollte er mir wenigstens in Träumen erscheinen, ich wollte ihn zumindest wie in einem Film beobachten können.

Bis auf das Äußerste erschöpft versank ich auch tagsüber immer wieder in tiefen Schlaf, traumlos und ohne Bilder. Das Unterbewusstsein wollte mir keine Träume schicken. Zumindest konnte ich mich beim Erwachen an keinen Traum erinnern.

Schlaf war Erholung, aber vielmehr war er Vergessen. Vergessen, was mein Verstand zwar schon wusste, aber ich noch lange nicht zu akzeptieren bereit war.

Und immer, wenn ich erwachte, breitete sich einige Sekunden später der Gedanke an die entsetzliche Tatsache in mir wieder aus: Matteo ist tot! Wie sollte ich mich nur jemals damit abfinden können?

Schließlich erfüllte sich dann doch mein Wunsch: Ich sah Matteo mit dem Körper eines Kindes und dem Gesicht des Erwachsenen. Er lag im Krankenhaus, bekleidet mit diesem blau geblümten Hemd, das jeder Patient dort bekommt. Ich beugte mich zu ihm und in diesem Moment wurde mir bewusst: »Matteo, du bist doch schon gestorben!«

Am Vorabend hatte ich mich mit meinem jüngeren Sohn Silas unterhalten, der ein Mädchen kennengelernt und sich ziemlich verliebt hatte. Ich vergönnte es ihm von Herzen, denn auch er litt schwer unter dem Verlust des Bruders. Für mich hatte es zwar den Nachteil, dass Silas wochenlang in Wien blieb und uns nur in den Ferien kurz besuchte. Dass es ihm, dem Sohn, der mir noch geblieben war, gut ging, war mir aber das Wichtigste. So bekam er auch meine depressiven Phasen, meine Tränen, meine schlechten Tage nicht mit, ich musste mich für ihn nicht zusammennehmen.

Er wusste Bescheid, wie viel mir Matteo bedeutet hatte, wie viele Stunden wir telefoniert hatten, über unseren laufenden Austausch. Matteo war extrovertierter und mitteilungsbedürftiger als Silas. Das heißt allerdings nicht, dass Silas weniger tiefgründig, gefühlvoller und intelligenter als sein Bruder ist. Matteo neigte dazu, sich in den Mittelpunkt zu stellen, seine Meinung stark zu vertreten und mich in Beschlag zu nehmen. Manchmal hatte Silas wahrscheinlich das Gefühl, zu kurz gekommen zu sein, vielleicht. Und trotzdem besaß er die Größe, mir das nie vorzuwerfen.

Mit Silas gab es kaum Probleme, nicht in der Schule und nicht im Alltag. Abgesehen vom Deutschunterricht in der Volksschule, den er hasste. Die darauffolgenden DeutschlehrerInnen in Hauptschule und Oberstufe erkannten glücklicherweise, wie sie aus Silas das Beste herausholen konnten.

Er bewunderte seinen um drei Jahre älteren Bruder, weil dieser ihn oft gegenüber älteren Kindern verteidigt hatte. Nicht dass Silas so schüchtern gewesen wäre. Nein, auch er war dominant und wusste, was er wollte. Aber mit Matteo zusammen, der Worte so einfallsreich und schlagfertig einsetzte, mit seinem großen Bruder gab es keine Gefahr, er fühlte sich sicher mit ihm und die Welt konnte erobert werden.

Mein Zweitgeborener hatte mir an diesem Vorabend berichtet, dass ihnen, wenn er einmal mit seiner Freundin Kinder hätte, der Name *Matteo* sehr gut gefallen würde.

Gedanken schwirrten durch meinen Kopf. Wie intensiv musste diese junge Beziehung denn sein, wenn sie schon auf das Thema »Kind« zu sprechen kamen? Ich wagte gar nicht nachzufragen. Es stockte mir der Atem, denn für mich würde es nur diesen einen, einzigartigen Matteo geben. Ich denke, dass ich aus diesem Grund von Matteo in Kindergestalt träumte.

Im zweiten Traum spielte er Gitarre, endlich eine Bewegung im Bild, er schlug mit dem Plektrum nach unten und oben und griff die Akkorde mit der linken Hand. Ich wollte sein freundliches Gesicht anschauen, seinen konzentrierten Ausdruck sehen, aber es war schwarz und ohne sein vertrautes Antlitz.

So lange hatte ich auf einen schönen Traum gewartet und dieser hatte nicht mehr zu bieten als einen Körper ohne Gesicht. Ich war enttäuscht. Mein Unterbewusstsein nervte mich, was wollte es mir sagen? Hatte ich Angst, dass sich Matteo von mir entfernte, dass ich ihn vergessen würde? Oder im Gegenteil, sollte ich versuchen, ihn loszulassen?

Gitarre spielte er leidenschaftlich und mit Ausdauer. Er erstellte einen Youtube-Kanal mit dem Namen »Guitar Hero Matt«. Bescheidenheit war nicht sein Ding. Er nahm Videos von sich auf und stellte sie auf diesen Kanal, verglich sich mit besseren Spielern, trat über das Internet mit Gitarristen in Kontakt, um sich Tipps zu holen, spielte am Anfang Songs von den Beatles und Johnny Cash, um später auf Led Zeppelin und Guns and Roses überzugehen. In letzter Zeit waren es vor allem Nirvana, Queens of the Stone Age, Alice in Chains …, die es ihm angetan hatten. Er begeisterte sich für unterschiedlichste Interpreten, sein Geschmack war breit gefächert und reichte von Falco über Red Hot Chili Peppers bis Depeche Mode.

Meinem musikalischen »Guitar Hero Matt« gelang es offensichtlich, auch die Damenwelt mit seinem Spiel zu beeindrucken. Er war sich sicher, das Herz seiner Freundin mit der Gitarre erobert zu haben. Sogar für Romantik hatte Matteo etwas übrig.

Und als ich in das schwarze, nicht vorhandene Gesicht schaute, war der Traum auch schon wieder vorbei.

Beim dritten Mal stand Matteo in einem strahlend weißen Hemd, den Kopf leicht Richtung Boden geneigt, da. Sein Oberkörper sandte feine, helle Lichtstrahlen aus. Es schien, als überlegte er. Mein Denker und Philosoph, mein geliebter Sohn. Jetzt war er im Himmel angekommen.

Meine Kindheit

Nach sechseinhalb Monaten Schwangerschaft brachte meine Mutter mich, ein 1,2 kg leichtes Mädchen, zur Welt. Sie stürzte beim Himbeerpflücken im Wald und die Wehen setzten bald darauf ein. Da nicht sicher war, ob ich als viel zu früh geborenes Kind überleben würde, erhielt ich von der Hebamme eine Nottaufe. Statt in der Gebärmutter verbrachte ich fast drei Monate im Brutkasten und es schaute Tag für Tag besser aus. Keine Infektion, keine Krankheit war dazugekommen.

Meine Mutter erzählte anderen Leuten immer, wie winzig ich war, dass mein Köpfchen die Größe einer Zitrone hatte und dass die Ärzte meinten, ich sei eine kleine Kämpferin, die es schon schaffen werde.

Meine Eltern hatten einen kleinen Betrieb, in dem Holzkomponenten produziert wurden, und sie betrieben auch eine kleine Landwirtschaft mit drei Kühen. Da meine Mutter randvoll mit Arbeit eingedeckt war, hatte sie keine andere Wahl, als mich in die Gehschule zu setzen, und von Zeit zu Zeit blickte sie durchs Fenster, um nach mir zu sehen. Immer wenn ich sie am Fenster bemerkte, plärrte ich los.

Ab dem Alter von zwei, drei Jahren passte meine ältere Schwester oft auf mich auf. Das war früher so üblich. Die älteren Geschwister wurden als Babysitter eingesetzt, ob sie wollten oder nicht. Die kleinen Geschwister waren lästige Anhängsel, aber den Nachbarskindern ging es genauso. Auch diese mussten ihre kleinen Schwestern und Brüder mitnehmen und sie beaufsichtigen.

Um schneller unterwegs zu sein, setzte mich meine Schwester Martina eines Tages in den Leiterwagen, zog ihn rasant weg und mein Kopf schlug hinten am Querholz auf. Sie wollte mir nicht wehtun, aber es gefiel ihr und die anderen Kinder hatten ebenfalls Spaß dabei, weil ich erschrak und zu weinen begann.

Wir spielten Familie und Schule, Federball und Fußball, Karten und »Mensch ärgere dich nicht« … Die Erwachsenen mischten sich bei uns Kindern nicht ein, wir sollten gelegentliche Streitereien untereinander austragen. Sie fuhren uns auch kaum wohin, da mussten wir schon selbst in die Pedale treten. Wir waren viel auf uns gestellt und trotzdem kam ich mir geborgen vor.

Dem Nachbarjungen Willi stattete ich oft einen Besuch ab. Er konnte schon lesen und ich bat ihn, mir aus »Hadschi Bradschi Luftballon«, meinem Lieblingsbuch, vorzulesen.

Und als ich dann endlich selbst zu lesen gelernt hatte, liebte ich vor allem Bücher, die etwas Magisches an sich hatten. Ich erinnere mich besonders an »Peter Pan«, an den sprechenden »Kater Konstantin«, die Griechischen Sagen und Grimms Märchen. Irgendwie gingen die Märchen immer gut aus.

Bei meiner Freundin Marlen, die mich jeden Tag abholte, um den gemeinsamen Schulweg anzutreten, war ich Dauergast. Wir spielten Familie, sie hatte einen jüngeren Bruder und der war unser Kind. Wir kommandierten ihn solange herum, bis er genug von uns hatte, das Familienspiel war dann wieder beendet. Im Sommer bereiteten wir aus zerdrückten Erdbeeren und frischer Kuhmilch eine Erdbeermilch für uns zu. Nach dem Verzehr dieser Köstlichkeit schleckten wir unsere Schüsseln sauber aus und stellten sie wieder zurück in den Geschirrschrank. Wie klug und praktisch veranlagt wir doch waren, wir wollten ihrer Mutter unnötiges Abwaschen ersparen.

Eine kleine Sensation war es immer für Marlen, wenn ich die ein Zentimeter dicke Milchhaut, die sich durch langes Stehen von gekochter Milch am Holzofen bildete, genüsslich vor versammelter Familie verzehrte. Mir schmeckte, wovor sie sich ekelte.

Meine Mutter arbeitete viel, die kleine Landwirtschaft wurde aufgegeben, weil der Betrieb immer größer wurde. Trotzdem nahm sie sich Zeit, meine neugierigen Fragen zu beantworten und mir Gedichte und Lieder zu lernen. Keine vornehmen Gedichte, eher so Sprüche wie: »Gute Nacht, scheiß ins Bett, dass' kracht (, aber nicht zu lind, dass es nicht durchrinnt).« Das gefiel mir. Das merkte ich mir gleich und es war lustig.

Meine Mutter sang mir öfter das »Heidschi-Bumbeidschi-Lied« oder »Guten Abend, Gut' Nacht, mit Rosen bedacht, mit Näglein besteckt, schlüpf unter die Deck', morgen früh, wenn Gott will, wirst du wieder geweckt« vor. Ich wunderte mich über Nägel auf der Bettdecke, bis sie mir erklärte, dass Nelken gemeint waren.

Einmal unterhielten wir uns über schwer kranke Kinder und sie meinte, dass sie ihr Leben für meines lassen würde, wenn das die Rettung bedeutete. Ich war beeindruckt. Das nannte man wohl Mutterliebe.

Und ich denke mir: Wie gerne hätte ich mein Leben für seines gegeben und es wäre kein Opfer für mich, sondern Erlösung vom Schmerz gewesen. Matteo hatte das ganze Leben noch vor sich. Beim Gespräch mit Mama war es ein Gedanke, bei mir wurde es grausame Wirklichkeit.

Meinen kleinen Söhnen sang ich später die gleichen sentimentalen Lieder vor, wie ich sie von meiner Mutter schon gehört hatte, die Melodie beruhigte nicht nur sie, auch ich kam zur Ruhe. Ich legte mich zu ihnen am Abend ins Bett und sie konnten sich aussuchen, ob Lied oder Geschichte. Silas bevorzugte das Singen und Matteo begeisterte sich für Geschichten, fantasievolle und am besten selbsterfundene. Silas liebte eine kleine Rückenmassage und Matteo wollte noch sämtliche Erlebnisse des Tages besprechen. Das dauerte. Und weil es immer hieß »Mama, bleib noch da«, schlief ich häufig bei ihnen ein.

Mein Vater führte einen Betrieb, außerdem war er leidenschaftlicher Hobbyfotograf mit einer eigenen Dunkelkammer. Oft standen wir im Rotlicht und ich half ihm beim Entwickeln der Schwarz-Weiß-Bilder. Mit Zangen gab ich das Fotopapier von einer Entwicklerlösung in die andere, tauchte es unter und zog es hin und her. In der letzten Wanne stieg dann die Spannung, wenn wie aus dem Nichts ein Bild auftauchte. Mit Klammern befestigte er das Foto dann an einer Leine, so wie Mama die Wäsche an der Wäscheleine.

Eine erstklassige Hilfe war ich meinem Papa auch beim Sammeln von Regenwürmern, die er für sein zweites Hobby, das Fischen, benötigte. Am Abend machten wir uns mit der Taschenlampe auf den Weg, hoben Holzbretter im Garten hoch, dort, wo er die dicksten und längsten Tauwürmer vermutete und auch fand. Ich klaubte sie fleißig auf. Sie waren glatt und man musste schnell beim Zugreifen sein. Auch beim Fischen begleitete ich ihn, obwohl das Erschlagen der Fische kein schöner Anblick war.

Am liebsten bereiste mein Vater nahe und ferne Länder. Ich hing an seinen Lippen, wenn er uns von seinen Reisen erzählte. Dschungel in Indonesien, Reisfelder auf den Philippinen, Tempel in Thailand und Indien, Vietnam, Australien, Fischen in Irland oder Norwegen, Wüstenfahrten durch die Sahara oder die Seidenstraße, Chile, Peru, Galapagos Inseln …

Nicht ungefährlich waren die Fahrten durch die Sahara mit dem eigenen Jeep, trotz guter Vorbereitung und bester Ausstattung. Kompass, Straßenkarte (GPS gab es in den 80ern noch nicht), Medikamente, Autoersatzteile, technisches Wissen und Können und Kenntnisse über die Mentalität der Einheimischen, Reservekanister für Benzin und, ganz wichtig, Wasser waren lebensnotwendig. Die Fahrer heuerten Guides an, die sie sicher über Minenfelder führten, und sie bezahlten Schmiergelder an Grenzsoldaten, um weiterfahren zu können. Er erzählte mir von den sternenklaren, eiskalten Nächten und den schattenlosen heißen Tagen in der Wüste. Von gefürchteten Sandstürmen, die immer wieder mal aufzogen, und davon, wie sich der Sand selbst in die feinsten Ritzen verteilte. Die Sahara-Reisenden schützten ihre Gesichter mit Tüchern, damit Sand nicht die Nasen und Ohren verstopfte. Nachts schlief er in einem Dachzelt, am Tag war das Befahren der Sanddünen und der Wüstenpisten die Herausforderung. In Oasen tranken sie mit den Tuaregs starken Tee und aßen Datteln, das Brot der Wüste, wie er mir erklärte. Er sah von der Sonne ausgebleichte Skelette von Menschen, die zu wenig Trinkwasser mitgenommen hatten und die in der Hitze umgekommen waren.

Wochenlang hatte er keine Gelegenheit, sich zu duschen, und sein Gestank beim Heimkommen war enorm. Seine Kleidung, vom Wüstensand verstaubt und vom Schweiß verkrustet, wurde nicht gewaschen, sondern entsorgt.

Ich bewunderte meinen Vater für seinen Mut und seine Unerschrockenheit, seine spannenden Abenteuer, die er erlebte, für seine Geschichten, die er zu Hause zum Besten gab. Papa war mein Held.

Manches Mal sagte er zu mir: »Du bist klein, aber oho.« Das hörte sich gut an. Er betonte, dass Körpergröße nicht wichtig war, sondern etwas im Kopf zu haben und das zu tun, was man tun möchte. Ich war stolz auf ihn und er auf seine kleine Tochter.

Südafrika

Zum 23. Geburtstag, drei Monate bevor Matteo plötzlich an Herzversagen starb, schenkte ich meinem Sohn ein Fotobuch.

»Es war mir eine große Freude, mit dir diese Reise zu machen«, schrieb ich ihm als Widmung hinein. »Und es war mir eine Freude, mit dir 23 Jahre unseres Lebens verbringen zu dürfen.«

Aber es war viel zu kurz, sein Leben. Es schmerzt unendlich, ihn nie mehr sehen zu können, ihn nicht mehr umarmen und ihm keinen Willkommens- oder Abschiedskuss mehr geben zu können.

Ich genoss unsere Gespräche über sein Studium, über weltpolitisches Geschehen. Ich habe ihm so gerne zugehört. Er war ein wunderbar unterhaltsamer Erzähler. Er konnte selbst über unspektakuläre Erlebnisse eine tolle Geschichte erzählen. Er hatte die Gabe, mit seinem komödiantischen Talent und mit guter Rhetorik Menschen zu unterhalten. Er war intelligent und tiefsinnig, humorvoll und witzig. Er hatte so viele Eigenschaften in sich vereint. Auch Unsinn und Unanständiges hat er laut seinem besten Freund Ralf von sich gegeben, aber er hat auch gewusst, wo der passende Ort dafür war.

Manchmal dachte ich, wenn ich gewusst hätte, dass er so früh sterben würde, hätte ich ihm noch intensiver zugehört, hätte alles in mich aufgesaugt und in meinem Gehirn abgespeichert. Aber nicht jedes einzelne Wort war wichtig, das Gefühl, das wir hatten, das gegenseitige Verstehen und das Sich-Einfühlen in den anderen war das Wesentliche. Das, was bleibt.

Eigentlich wollte ich mir lieber Orang-Utans auf Sumatra anschauen, Menschenaffen in ihrer natürlichen Umgebung zu beobachten, reizte mich. Matteo aber waren die Tropen nicht ganz geheuer, er wollte kein Denguefieber riskieren. Wir entschieden uns für Südafrika. Tiere zu beobachten, zu sehen, wie sie leben, sollte im Vordergrund stehen.

Wir hatten Glück mit unserer 20-köpfigen Reisegruppe. Matteo in seiner offenen, zugänglichen Art kam mit jedem ins Gespräch. Ich war zurückhaltender. Vorsichtig wurde ich von einer Reiseteilnehmerin gefragt, wie denn unser Verwandtschaftsverhältnis sei. Für manche war das gemeinsame Reisen von Mutter und Sohn etwas ungewöhnlich.

Die »Big Five«, das waren Elefant, Büffel, Löwe, Nashorn und Leopard, galt es mit der Kamera einzufangen. Matteo hatte zuvor von seinem Großvater noch ein erstklassiges Objektiv geschenkt bekommen und damit einen so professionellen Eindruck gemacht, dass es immer öfter hieß: »Matteo, bitte mach ein Foto von uns.« Es war ihm ein wenig peinlich, dass alle glaubten, er wäre ein Profi auf dem Gebiet der Fotografie.

Wir liebten die Safaris. Wenn eine Nashornmutter mit ihrem Baby unseren Weg kreuzte, ein Elefantenbulle plötzlich aus dem Dickicht auftauchte und man seine Energie spürte, wenn die Paviane an uns vorbeisprangen. Wir konnten gar nicht genug davon bekommen.

Lieber hätten wir eine Gepardenfarm besucht anstatt eines Einkaufszentrums, lieber den Indischen Ozean als eine Einkaufsmeile.

Wir fragten uns, warum für Touristen Einkaufstempel aus dem Boden gestampft wurden. Damit sie in Südafrika das Gleiche kaufen konnten wie in Europa?

Matteo und ich waren uns einig: Nelson Mandela hatte sich das anders vorgestellt. Mit dem Ende der Apartheidpolitik sollten die Schwarzen und Unterprivilegierten soziale Gerechtigkeit und Freiheit erfahren. Doch noch immer besaßen die Weißen das Land und die Macht und von den schwarzen Politikern, die etwas bewegen hätten können, waren viele korrupt. Die Schönheit der Tier- und Pflanzenwelt stand irgendwie der Ungleichheit der sozialen Schichten gegenüber.

Nelson Mandela und sein Spruch »Bildung und Erziehung sind die mächtigsten Waffen, mit denen du die Welt verändern kannst« beeindruckten ihn. Als angehender Lehrer für Geschichte und Geographie warst du von der Wichtigkeit der Bildung überzeugt, das Anhäufen von Wissen sahst du nicht als zentrale Bildungsaufgabe, die SchülerInnen sollten vielmehr zum selbstständigen Denken und Hinterfragen angeregt werden.

Zwei Lehrerinnen aus der Reisegruppe, von denen er immer Fotos schoss, bedankten sich mit Tee, dessen Erlös einer Stiftung zur Bekämpfung von Analphabetismus zugutekam. Sie machten Matteo das schönste Kompliment: »Du wirst einmal ein guter Lehrer werden«, meinten sie. Ich erinnere mich, wie sehr ihn das freute und ich mich mit ihm.

Gebet und Meditation

Ich suche einen Draht nach oben und bildhaft öffnet sich meine Schädeldecke. Manchmal erschließt sich mir eine neue Erkenntnis, oft geht es mir einfach um Ruhe. Meine Seele braucht Stille, sie bittet mich förmlich darum.

Die Seele ist unbegrenzt, frei und unvergänglich, der Körper ist zerbrechlich und sterblich. Dieser Gedanke ist kein Muss, es ist mir erlaubt, ich darf so denken. Die Spiritualität hat sich einen Zugang zu mir verschafft, zu mir, die naturwissenschaftlich, logisch arbeitet und früher das Transzendente belächelte.

Einerseits das Meditieren, die Konzentration auf den Atem, das Eintauchen in mein Inneres. Andererseits das Beten, das Aufladen mit Liebe und Vertrauen. Auch wenn ich nicht begreife, warum mir Matteo genommen wurde, kann ich mit jedem Anliegen zu Gott kommen, wobei ich gar nicht weiß, wie ich ihn mir vorstellen soll: Als Kraft, als Licht, als Wärme oder als Natur und Schöpfung. Auf keinen Fall ist er für mich ein Strafender, immer ein Liebender und Verzeihender. Ich wünsche mir nicht zu viel, sondern versuche mit Hingabe zu beten und lasse mich fallen. Nicht immer muss ich kontrollieren und bestimmen.

Schade, dass ich diese Erfahrung nicht schon früher gemacht habe und dass ich Matteo darüber nicht berichten konnte. Da hätten wir wieder stundenlange Diskussionen geführt, mein Sohn hätte argumentiert und ich mit Gegenargumenten gekontert.

Mein Mann beobachtet meine spirituelle Erfahrung. Wenn ich am Boden auf einer Decke sitze, will er mich nicht stören. Leise schleicht er bei mir vorbei. Ich bin überzeugt, dass Gott mir Menschen schickte, die mir halfen und noch helfen, die mir allein durch ihre Anwesenheit Halt gaben und geben, die mich über die Verzweiflung und Angst hinwegretteten. Menschen, die ich kannte, und solche, die mir fremd waren. Damals, als sich der Abgrund auftat, ich hineinstürzte und der Fall endlos schien.

Mein Mann beklagte sich nie, weil ich nur gehen, lesen oder weinen wollte. Meistens ging und weinte oder las und weinte ich gleichzeitig. Seine Geduld, seine Liebe, sein Rückhalt, das Gefühl, mich auf ihn verlassen zu können, unterstützte mich sehr.

Ich klagte, dass es für ihn leichter wäre, weil er Matteo nicht so nahestand, worauf er nur meinte: »Ja, ich weiß.«

Meine Mutter lud mich zum Essen ein, weil ich keine Lust auf Kochen hatte, und sie schaute immer wieder bei mir vorbei. Oft weinten wir gemeinsam. Mein Vater und meine Schwester zogen sich zurück. Vermutlich konnten sie so besser mit der Situation umgehen.

Meine Freundin Gudrun fand mit ihrem Fingerspitzengefühl den richtigen Zeitpunkt, mich für den Glauben zu öffnen. Und sogar Spaß hatten wir, als wir bei einem Glas Wein alte Zeiten wieder aufleben ließen.

Meine Freundin Anna spricht gerne direkt Dinge an: »Wie kannst du weiterleben, wie machst du das, weil es ja das Schlimmste ist, was passieren kann?« Sie könnte das nicht. Ich fing fast an, mir etwas einzubilden. Ach, sie könnte das auch, wenn sie müsste, und es bliebe mir eben nichts anderes übrig als zu leben. Sie erwischte mich an den guten Tagen, oder es war ein guter Tag, weil ich sie traf.

Mein Chef und meine ArbeitskollegInnen schonten mich offensichtlich, sie überließen mir die angenehmeren, weniger stressigen Arbeiten, rieben mir kleinere Fehler nicht unter die Nase.

Matteos Freund Ralf besuchte uns, schaute am Grab vorbei und unterhielt uns mit legendären Geschichten, mit dem gemeinsam Erlebten. Das Schönste aber war, als Ralf uns sagte, er vermisse ihn, seine Kommentare, ihr gegenseitiges Lesen von Seminararbeiten und er dachte darüber nach, ob es umgekehrt auch so wäre.

Lieber Ralf, wie Matteo dich bewunderte und von dir erzählte, gehe ich davon aus: Du würdest ihm genauso fehlen wie er dir. Und du machst mir die größte Freude, weil ich merke, dass er auch in deinem Herzen Spuren hinterlassen hat.

Allen bin ich dankbar, sie sind und waren Teil meiner Rettung.

Und immer mehr wird mir bewusst, dass ich auch bei anfänglich Fremden Geborgenheit und Sicherheit erfahren kann, wenn ich mich öffne und einfach vertraue. Ich werde nicht beurteilt oder angeleitet, so wie ich denke und handle, sei es schon richtig. Die Empathie und Aufmerksamkeit meines Therapeuten sind echt, keine Fassade. Matteo hätte ebenso Gefallen daran gefunden, ein Raum, in dem man sein kann, wie man ist. Ohne Verstellen.

Vielleicht spürt er auf der anderen Seite, dass seine geliebte Mama auf dem Weg ist, wieder glücklich(er) zu werden. Er hätte sicher nichts dagegen, er wäre sehr froh darüber.

Abschied

Der Mensch, der ich vorher war, den gibt es so nicht mehr. Das Abschiednehmen von meinem Sohn hat meine Welt aus den Angeln gehoben.

Der erste Abschied fand im Krankenhaus statt. Mein Mann, Silas und ich betraten um 5 Uhr früh das Zimmer. Matteo lag im Bett, ein Rosenkranz war um seine gefalteten Hände geschlungen. Er war wirklich tot. Die Haut war schon blass, dunkle Augenringe hatten sich gebildet. Sein Bart fiel mir auf, seine etwas verklebten Locken, und dass ein Auge noch einen Spalt geöffnet war. Jeder von uns durfte auf seiner Stirn, seinen Händen und seinen Füßen ein Kreuz machen und einen Segen sprechen. Ich saß bei ihm und streichelte ihn. Wahrscheinlich haben wir auch ein Gebet gesprochen. Ob ich ihm noch etwas sagen wolle? »Lieber Matteo, es tut mir so unsagbar leid, ich hätte dich so gerne gerettet. Gott aber hat anders entschieden.«

Ein Krankenpfleger wies uns darauf hin, dass unser Sohn spätestens nach zwei Stunden in den Keller gebracht werden müsse, wegen der hohen Temperatur in diesen Tagen, falls sich noch jemand verabschieden möchte.

Die Trauerfeier in der Kirche, der zweite Abschied, musste überstanden werden. Ich wollte stark sein, Matteo zuliebe. Freunde sangen und spielten »Let it be« (Beatles), »Where is my mind« (Pixies) und das Lied für Rosa, ein Gedicht in Englisch, das Matteo für seine geliebte Freundin geschrieben und das sie für das Begräbnis vertont hatten. Auch der Kirchenchor gab sein Bestes. Schulfreund Toni und Rosa hatten eine liebe Rede vorbereitet. Ich bewunderte Rosa, dass sie den Mut und die Kraft aufbringen konnte, über ihren Freund und ihre gemeinsame Zeit zu sprechen. Sie erwies ihm so die letzte Ehre und den Beweis ihrer Liebe. Und Ralf brachte es fertig, über seinen Freund und Wohnungsgenossen so viel zu erzählen, dass selbst jene, die ihn wenig kannten, ein deutliches Bild von ihm bekamen.

Ganz am Schluss, als mein Mann und ich alleine waren, legte ich noch meine Hand auf den Sarg, eine Minute vielleicht, die letzte Berührung. Der Sarg mit dem Leichnam wurde zur Einäscherung abgeholt. Ich hatte Matteo einmal gesagt, dass ich lieber verbrannt als eingegraben werden wollte, und nahm an, dass das auch für ihn passte.

Die Urne wurde später der Erde übergeben. Wieder ein Stück Abschied, aber mein verstorbener Sohn war um mich und in mir in jeder Sekunde, jede Minute dachte ich an ihn.

In einer Therapiestunde fragte ich Ulrich, meinen Therapeuten, was ich unter Loslassen verstehen solle. Ich wollte den Schmerz loslassen, aber nicht ihn, sein Andenken, die Erinnerung. Mein Herz war noch immer zu 100 Prozent von Matteo besetzt. Ich stellte mir sein Gesicht, sein Lächeln, seine Stimme vor und vermisste ihn unendlich. Und doch beschäftigte mich dieses Wort »loslassen«. Etwas in mir wehrte sich, sträubte sich dagegen.

Mein Therapeut meinte, ich könne einen Versuch machen, einen Abschied, der in meinem Kopf abläuft. Ich stellte mir wie in einem Film vor, wie ich meinen Sohn zum Zug brachte. Wir stiegen aus dem Auto, ich gab ihm einen Kuss auf die Wange, er drehte sich um und rollte seinen Koffer den Weg entlang. Er schaute nicht mehr zurück und ich sollte ihm noch meinen oder Gottes Segen geben. Also gab ich ihm meinen Segen und wünschte ihm alles Gute für seine Reise. Er brauche sich auch um uns keine Sorgen zu machen.

So ähnlich kann ich mich erinnern. So ähnlich könnte es vielleicht gehen, Matteo loszulassen, ihn gehen zu lassen auf seine Reise. Bis zum Wiedersehen.

Aber mein ganzer Körper zitterte, ich weinte los. Wie schlimm, wie unendlich schlimm war dieser Abschied. Was hatte sich Ulrich nur dabei gedacht. Ich wollte mich nicht trennen von meinem geliebten Sohn und wollte ihn nicht gehen lassen.

Den ganzen restlichen Tag wechselten sich Schlafen und Weinen ab, es waren immerhin schon vier, fünf Monate seit Matteos Tod vergangen. Und über Nacht war es dann, als hätte sich wirklich etwas verändert: Ich wachte auf und mein erster Gedanke war nicht Matteo, sondern Ulrich.

Worüber weder gesprochen noch geschrieben wird

Seit Matteos Tod hatten mein Mann und ich keinen mehr Sex gehabt. Eines Abends kam er mit der Bitte an mich heran, mit mir schlafen zu wollen. Ich hatte ambivalente Gefühle dahingehend. Einerseits wollte ich, andererseits hatte ich das Gefühl, einfach nicht dazu bereit zu sein. Wie konnte ich mich sinnlich vergnügen, wenn mein Sohn mitten in seinem jungen, vollen Leben gestorben war.

Aber trotzdem fühlte es sich richtig an, wieder mit meinem Mann zu schlafen. Ich war verwirrt. Ich musste dieser Angelegenheit auf den Grund gehen.

War es mein schlechtes Gewissen gegenüber Matteo, dessen Leben in dieser Welt abgelaufen war? Er würde wohl nichts dagegen haben, wenn wir unsere Zuneigung zeigten und diese Sache machten.

Natürlich gab es Tage, an denen die Trauer, die Erschöpfung, die Enttäuschung vorherrschten und an denen überhaupt kein Gedanke an körperliche Liebe aufkam.

Nach gründlicher Überlegung reifte der Entschluss, selbst aktiv zu werden. Ich war dafür bereit und teilte es meinem Mann mit. Bloß, an einem Abend war er zu müde, an einem anderen hatte er schlicht und einfach keine Lust. Seine Reaktion erstaunte und überraschte mich. Bei der dritten Abfuhr fing ich an, an meiner sexuellen Attraktivität zu zweifeln. War er nicht mehr oder noch nicht bereit dafür? Oder hatte es mit mir zu tun? Ich beabsichtigte, ein klärendes Gespräch mit ihm zu führen, zum passenden Zeitpunkt.

Er nannte mir nur den einen Grund, nämlich noch Zeit zu brauchen, und dass es für ihn noch oft so schwer sei. Zeit könne er haben, aber bitte nicht ewig, nur wie Bruder und Schwester wolle ich nicht mit ihm leben. Er verstand mich, ich hatte Klartext gesprochen.

Irgendwann passte es für uns beide, ich hatte mich schon so nach ihm, nach seinem Körper, nach intensivem Küssen und Streicheln gesehnt, nach der Vereinigung. Wie selten zuvor ließ ich mich fallen und meine Hingabe erinnerte mich an die beim Gebet. Endlich konnte ich ihm meine Zärtlichkeit und mein Begehren wieder zeigen. Rein chemisch betrachtet überfluten dich dabei die Hormone, wildes Dopamin und sanftes Oxytocin, endogene Drogen. Mir wurden die Möglichkeit und die Bedeutung, auf das körpereigene Potenzial zuzugreifen, und die Tatsache, wie wichtig die Wechselwirkung zwischen Körper, Geist und Seele ist, wieder bewusst.

Je besser ich mich auf allen Ebenen fühlte, desto weniger nahm die Angst mich ein. Außerdem profitierte mein Mann in gleicher Weise. Auch ihm tat die Begegnung gut.

In Büchern über Trauer von Eltern, die ein Kind verloren hatten, las ich keinen einzigen Satz über Sexualität und Trauer. Nichts von unterschiedlichen Bedürfnissen, sondern von Entfremdung, weil jeder anders trauert, und immer nur von den vielen Jahren, die vergehen sollten, bevor sich wieder so etwas wie Glück einstellte. Und irgendwann hatte ich genug von dieser Trauerliteratur. Den Schmerz kannte ich ja in- und auswendig, den brauchte mir keiner mehr zu beschreiben, und dass ich mit Ritualen und zwanghaft herbeigeführten Erinnerungen nicht viel anzufangen wusste, war auch keine Neuigkeit. Ich hörte auf mich und meinen Körper und die Trauerbücher landeten in der hintersten Ecke.

Spiel

Bei jedem Besuch werde ich ihm wohl ein kleines Stück mehr Vertrauen geschenkt haben, um dann zu bemerken, dass ich ihn doch ziemlich mochte. Und weil ich ja unbedingt ehrlich und wahrhaftig sein wollte, sagte ich es meinem Therapeuten, auch in der Annahme, er würde so etwas schon öfters gehört haben. Aber ich glaube, er war ziemlich überrascht.

Es war für mich eine Art Zauber, eine Faszination, dass ich jemanden auf seelischer Ebene so gernhaben konnte. Ich liebe ja meinen Mann. Sicher, es gibt einen Bereich, den er weniger abdeckt, die intellektuelle, belesene Seite. Er interessiert sich kaum für Lesen, doch deswegen ist er nicht weniger intelligent als ich. Wenn ich mir eine Bedienungsanleitung für ein Gerät dreimal durchlese, hat er durch Probieren das Ding schon längst in Gang gesetzt. Er konzentriert sich auf das praktische Tun, während ich noch in der Theorie stecke. Er ist mir in IT und wirtschaftlichen Belangen überlegen und könnte auch ohne mich perfekt einen Haushalt führen. Er nimmt mich, wie ich bin, und unterstützt mich, wir ergänzen uns. Die intellektuelle Seite konnte ich mit Matteo, der mir ein idealer, witziger Gesprächspartner war, gut abdecken. Mit auch ein Grund, warum er mir so fehlt. Vielleicht war die Klugheit meines Sohnes auch der Anstoß für die Bewunderung von Ulrich. Wer weiß.

Die Beziehung stellte ich mir immer mehr als eine freundschaftliche Verbundenheit vor, aber das war wahrscheinlich nicht in Ordnung. Die Grenze zwischen Therapie und Freundschaft verschwamm, war fließend geworden. Hatte er Angst um sich oder um mich? Vertraute er mir nicht? Durfte das nicht sein?

Selbstverständlich war es auch ein Spiel. Ich hatte vor, ihn mit meinem Leben zu beeindrucken. Wenn ich schon so leiden musste, durfte man doch wenigstens bei einigen Menschen einen bleibenden Eindruck hinterlassen. Vielleicht nennt man das Eitelkeit. Zugegeben, ich wollte, dass er mich auch mochte.

Gut würde ich daran tun, das ganze Leben mehr als Spiel zu betrachten, nicht alles so ernst zu nehmen, am wenigsten mich selbst. Manchmal gelingt es mir schon wieder, über mich zu lachen, auch wenn ich am liebsten weinen würde. Bisweilen kommt eher Zynismus als Selbstironie zum Vorschein.

Einfach akzeptieren, was ist, ob es nun Liebe oder Tod sei – so ähnlich hat es mir ein Traum geraten. Wobei Liebe die wesentlich leichtere Übung darstellt.

Matteos Freund Ralf

Ob Matteo Ralf beim Geschichtestudium kennenlernte oder er ihn animierte, auf Geschichte zu wechseln, kann ich beim besten Willen nicht sagen.

Auf jeden Fall war es so, dass Ralf ihm anbot, ein Zimmer in seiner Wohnung, genauer gesagt der seiner Eltern, zu beziehen. Ralf interessierte meinen Sohn, aber nicht nur als neuer Wohnungsgenosse. Das Interesse an seiner Person, an dem Menschen, der dahintersteckte, und der Wunsch, diesen besser kennenzulernen, war ein wesentlicher Grund für seinen Entschluss, aus dem Studentenheim auszuziehen.

Seine Freundin Rosa blieb im Studentenheim, für sie war der Zeitpunkt, mit Matteo eine gemeinsame Wohnung zu suchen, noch zu früh. Ich hatte Bedenken, ob die räumliche Trennung ihre Beziehung aushalten würde, und wurde eines Besseren belehrt.

Ralfs Wohnung war ein offener, gastfreundlicher Ort für Besuche und für Gedankenaustausch. Nicht nur die Freundinnen und Freunde waren willkommen, auch ich kam in den Genuss ihrer Gastfreundschaft. Ich fühlte mich wohl, wenn ich die Burschen besuchte, und meinem Sohn schien es nicht unangenehm zu sein. Er freute sich, weil wir uns in den Gesprächen verloren, um uns dann wiederzufinden.

Matteo fand in Ralf einen Bruder im Geiste, einen verständnisvollen Freund, einen Gleichgesinnten, der immer hinterfragte, der sich kritisches Denken und das Suchen nach der Wahrheit auf die Fahnen geschrieben hatte. Ralf war ihm Mitstreiter für soziale Gerechtigkeit und für den Glauben an eine gerechtere Gesellschaft. Sie haben sich gegenseitig inspiriert, zu Bestleistungen angespornt, respektiert und wertgeschätzt.

Dabei ließen sie den Spaß, den gewaltigen Wortwitz, das Banale nicht zu kurz kommen. Matteo durfte die Seminararbeiten, Texte und Hausübungen von Ralf durchlesen, ein Urteil darüber abgeben, neue Anregungen dazu bemerken und umgekehrt. Manchmal befanden sie sich in gedanklichen Höhenflügen, zum Beispiel in der Rolle von Marx und Engels, fernab der Realität, aber auf den Boden der Tatsachen wurden sie ohnehin wieder schnell zurückgeholt.

Ralf berichtete mir, dass Matteo für ihn oft Kraft- und Motivationsquelle war, und er es vermisst, dass seine Texte keinen so aufmerksamen, aber auch kritischen Leser wie Matt mehr erreichen. Glücklicherweise fiel mir ein, wie Matteo ihn bewunderte, und ich sagte es ihm. Seine rhetorische Begabung schätzte er über der seinen ein, Ralf könne noch besser vor Publikum reden wie er. Neidlos lobte er seine guten Arbeiten für die Uni, seinen Sinn für Humor und auch sein gutes Aussehen war ihm eine Bemerkung wert.

Matteo drückte sich manchmal, wenn er mit Putzen oder Hausarbeit an der Reihe war, keine Ausrede war ihm zu weit hergeholt, denn »ein Intellektueller brauche das Chaos«. Später nach dem Tod seines Freundes, als sich die Prioritäten verschoben hatten, meinte Ralf, dass das Putzen nicht so wichtig war. Er hatte ihm seine Bequemlichkeit schon längst verziehen.

Weil der Spaß eine nicht unbedeutende Rolle spielte, soll das vegane Floridsdorfer Frühstück, das Matteo gelegentlich zu sich nahm, nicht unerwähnt bleiben: eine Dose Red Bull, das er als ein exquisites Zuckergetränk mit stark chemischer Note in der Nase und einem leichten

Nachgeschmack von Stierhoden am Gaumen beschrieb, und eine Zigarette.

Ralf erlaubte seinem Freund, den Hund seines Schwagers, der nach einer Trennung im Tierheim gelandet wäre, bei ihnen aufzunehmen. Das war Beweis seiner Großzügigkeit und Freundschaft zu Matteo, denn seine Eltern wurden anfangs über den neuen, vierbeinigen Mitbewohner nicht informiert. Er machte sofort einen Hundeführerschein, der für Listenhunde in Wien vorgeschrieben war, und mit den Tipps des Schwagers war ihm die Haltung und Erziehung der Hundedame kein Problem. Im Gegenteil, er sorgte sich um sie wie um ein Kind. Er wusste aber auch, der Hund ist der letzte in der Rangordnung, und er muss dem Herrchen unterwürfig sein. Um die Beziehung zum Tier zu festigen, spuckte Matteo in seine Hand und der Hund schleckte seinen Speichel ab, er war ihm ergeben.

Aus dem Nachruf, den Ralf verfasste, darf ich einige Passagen wiedergeben:

»Ich glaube, deine Absicht war bei deinen ausschweifenden Geschichten einfach oft, dass du die Menschen zum Lachen, zum Staunen und vor allem zum Zweifeln und Nachdenken bringst. Diese menschlichen Fähigkeiten sind oft wichtiger als so mancher historische Fakt. Um etwas hinterfragen zu können, muss man nämlich zweifeln, auch an sich selbst. Um eine bittere Wahrheit akzeptieren zu können, muss man auch einmal darüber lachen können. Und um das Gute im Leben und in den Menschen zu sehen, muss man ab und zu staunen und sich für die Dinge, von denen man positiv überrascht wird, begeistern.«

»Die Eigenschaft, so zu erzählen, dass die Menschen hinhören und den wahren Kern hinter vielen Aussagen verstehen, war eine deiner Fähigkeiten, die du auch in deinem Berufsleben für die Veränderung der Welt einsetzen wolltest. Du hast die Dinge auf den Punkt gebracht, in deinen Parodien unterschiedlicher fiktiver und realer Personen genauso wie in deinen wissenschaftlichen Texten und deinen treffenden Interpretationen von Menschen und Gesellschaftssystemen, deren komplexen Funktionsweisen und den dabei auftretenden Problemen.«

»Ich bin dankbar für jede Minute, die ich nicht geschlafen habe, weil wir zwei diskutiert und philosophiert haben, obwohl ich am nächsten Tag Uni hatte. Manchmal haben wir uns noch verquatscht, im Endeffekt weiß ich aber bestimmt, dass es das wert war. Ganz besonders lustig habe ich es gefunden, wenn dich wieder etwas beschäftigt hat und du dann lauten Schrittes um 4 Uhr in der Früh vor meiner Tür gestanden bist. Dann hast du geklopft, bist im selben Moment ins Zimmer gekommen und hast unschuldig gefragt: ›Schläfst du eh noch nicht?‹ Natürlich habe ich dann nicht mehr geschlafen und du hast es sofort als Einladung verstanden, laut denkend in kleinen Kreisen durch mein Zimmer zu stapfen, um mir deine Überlegungen zu schildern und mich nach meiner Meinung zu fragen.«

Meine Familie und ich sind Ralf dankbar, wie er das hinbekommen hat, mit dem Nachruf und überhaupt mit Matteo. Er braucht gar keine Selbstkritik zu üben oder Selbstzweifel zu haben, er ist ein gefühlvoller Mensch und mit seinen 24 Jahren vielen anderen an seelischer und geistiger Reife voraus. Er beabsichtigt eine Ausbildung für Psychotherapie zu beginnen. Matteo und die Auseinandersetzung mit dem Tod haben ihn in seiner Entscheidung beeinflusst. Er meinte, er könne den Tod aus seinem Leben nicht mehr ausklammern, und ab und zu, wenn er lacht, hat er das Gefühl, sein Lachen gehe in Matteos Lachen über.

Wo die Sprache an ihre Grenze kommt

Mein Großvater erlebte und überlebte den zweiten Weltkrieg als Soldat und als Kriegsgefangener in Frankreich. Als junges Mädchen interessierte es mich brennend, von sogenannten Zeitzeugen mehr über das Kriegsgeschehen oder auch über den Holocaust zu erfahren. Aber immer, wenn ich meinen Opa bat, mir etwas vom Krieg zu erzählen, schwieg er. Nichts war aus ihm herauszubekommen. Einzig die Tatsache, dass er Hitler einmal im Westerwald gesehen und er sich in Gefangenschaft Erfrierungen an der Nase zugezogen hatte.

Erst heute glaube ich zu wissen, warum: Das im Krieg Erlebte war für meinen Großvater zu schrecklich, um davon erzählen zu können. Überall Tod, Grauen und die ständige Angst. Es gibt Dinge, die so schrecklich sind, auch wenn du sie hundertmal jemanden erklären würdest, in Bildern, mit deinem besten Wortschatz und deinen treffendsten Formulierungen, deine Beschreibung würde nie an die Realität herankommen. Nur derjenige, der dabei war, kann dich verstehen, kann das Geschehene nachvollziehen. Und wer dabei war, der weiß und redet nicht mehr darüber.

So ähnlich geht es mir. »Ich weiß, was du fühlst«, meinte eine Frau zu mir, die vor langer Zeit ihr Kind bei einem Autounfall verloren hatte. Es ist alles gesagt, keine Notwendigkeit mehr, weiter darüber zu reden.

Es ist mir ein Rätsel, warum man als Mensch immer verstanden werden will, und es gleichzeitig unmöglich ist, diesen Schmerz zu beschreiben, weil er eben nur am eigenen Leib und in der eigenen Seele gespürt werden kann.

Nur für einen kurzen Moment wünsche ich mir manchmal, wenn mein Gegenüber nicht aufhört, über Unwichtiges zu jammern, es würde diesen Schock, diesen Schmerz und diese Angst nur für den Bruchteil einer Sekunde fühlen. Der Mensch würde seine Lächerlichkeit erkennen und sehen, wie bedeutungslos seine Sorgen sind. Er würde schweigen und verstehen.

Übrigens, mein Großvater nahm seine Kriegserlebnisse mit ins Grab.

Christoph

An der Pinnwand bei Oma hing seit vielen Jahren ein Foto von einem jungen Mann mit einem breiten Lächeln im Gesicht.

Matteo bat mich einmal: »Mama, erzähl mir von Onkel Chris.«

»Der Christoph war ein Jahr älter als der Papa und war der wilde Hund von den vier Brüdern.«

Beim »wilden Hund« schaute Matteo auf. Er mochte Geschichten, die Spannung erwarten ließen.

»Er sah, wie du auf dem Foto erkennen kannst, ziemlich gut aus. Die Mädchen standen auf coole, charmante, selbstbewusste Typen wie ihn. Oma hingegen machte sich um ihn große Sorgen, war er doch ein Draufgänger, der kaum Angst hatte. Bei einem Motorradunfall brach er sich den Unterkiefer und verlor sämtliche unteren Zähne. Aber auch ein künstliches Gebiss konnte seiner Schönheit und seiner Lebensfreude keinen Abbruch tun.«

»Und die Uniform, die er da trägt?«, fragte Matteo schon sichtlich beeindruckt.

»Christoph verbrachte als Soldat ein Jahr auf den Golanhöhen, ein Gebiet das von UN-Soldaten sozusagen bewacht wird, weil es immer wieder zu Kriegshandlungen kommt. Für diesen Job braucht man eine gute körperliche Kondition, besonders aber starke Nerven.«

Matteo hegte eine stille Bewunderung für seinen Onkel, den er nie kennenlernen durfte, da er mit 28 Jahren bei einem Arbeitsunfall ums Leben kam. Matteo war damals ein Jahr alt.

Als Matteo seinen Präsenzdienst in der Kaserne, in der auch sein Onkel vor rund 30 Jahren stationiert war, ableistete, erkundigte er sich einmal beim Vorgesetzten, ob er einen Christoph Wagner, einen in seiner Vorstellung verwegenen Kerl, gekannt hat.

Meine starke Schwiegermutter

Meine Schwiegermutter wurde mit 22 Jahren Witwe. Ihrem Ehemann wurde ein geänderter Vorrang zum Verhängnis, er übersah einen PKW und verunglückte tödlich mit dem Motorrad. Ihre vier Söhne waren damals vier, zwei, ein Jahr und der jüngste vier Monate alt.

Mein Mann war der jüngste der vier Brüder. Seinen Erzählungen nach mangelte es ihnen trotzdem an nichts. Ihre Mutter war eine herzliche Frau, die Kinder über alles liebte, die immer für sie da war, die sie alles fragen konnten. Urlaube und große Geschenke gingen sich nicht aus, aber das war nicht wirklich wichtig. Die Kindheit war für meinen Mann unbelastet und spannend. Mit seinen älteren Brüdern gab es viele Abenteuer zu erleben. Die Mutter heiratete noch ein zweites Mal und bekam zwei weitere Kinder.

Als ihr Sohn Christoph bei einem Arbeitsunfall starb, meinte sie einmal zu mir, sie wünschte, ihn nie geboren zu haben, dann hätte sie diesen unerträglichen Schmerz nicht aushalten müssen.

Und als dann Alexander, ihr zweiter Sohn, durch Fremdverschulden ebenfalls ums Leben kam, war es, als wäre es nicht mehr ganz so hart gewesen. Das Leid hatte sich auch auf die Schwiegertochter verteilt, die mit ansehen musste, wie ihr Mann auf das Bahngleis stürzte und ein Waggon über ihn hinwegrollte. Sein Rückgrat wurde durchtrennt, er war auf der Stelle tot.

Meine Schwägerin Hermine wurde mit 32 Jahren Witwe. Sie blieb alleine, ohne Partner zog sie ihren kleinen Sohn groß. Sie hatte sich in den Kopf gesetzt, ein Haus zu bauen, und diesen Plan setzte sie auch um. Hermine, eine hübsche und fürsorgliche Frau, hätte sicher noch einen Partner gefunden. Ich denke, sie war vom Leben bitter enttäuscht und sie wollte sich gar nicht mehr auf jemanden einlassen, weil Alex ihre große Liebe bleiben sollte. In ihrem Herzen war nur mehr Platz für ihren Sohn und das Andenken an ihren Mann.

Alexander war der modebewusste, fesche Mann, der uns mit seinen blonden, geföhnten Haaren im weißen Sakko an Sonny Crockett, alias Don Johnson, erinnerte. Er sah aus, als wäre er aus der 80er-Jahre-Serie »Miami Vice« herausgestiegen, und wir zogen ihn deshalb auf. Wir waren ja nur neidisch, weil er so gut aussah und sich kleidungstechnisch in Szene setzen konnte. Wir gingen aus, wir fuhren zum See, machten Ausflüge und Urlaube. Wir hatten eine unglaublich gute, leichte Zeit mit Chris und Alex und deren Freundinnen.

Doch mit dem frühen Tod seiner beiden Brüder änderte sich wieder alles. Wir verloren nicht nur Geschwister, sondern Freunde, und mein Mann konnte nicht mehr an einen gerechten Gott glauben.

Ich weiß nicht mehr, wie meine Schwiegermutter diese schweren Schicksalsschläge überstand, denn zu allem Leid kam noch eine finanzielle Notlage, die sie ihrem Ehemann nicht mitteilen konnte oder wollte.

Mit 58 erkrankte sie an Krebs. Operation und Chemotherapie folgten. Noch während der Therapie fraß sich der Krebs im Unterleib weiter, es war eine besonders aggressive Form. Ihrem Mann und ihren Kindern verschwieg sie, wie ernst es bereits um sie stand. Metastasen hatten sich schon im Körper ausgebreitet. Ich machte mir meinen Reim darauf, wenn ich die Morphiumtabletten am Tisch liegen sah und sie keinen Bissen mehr schlucken konnte. Ihr Bauch musste öfters punktiert werden, weil sich so viel Wasser in der

Bauchhöhle befand. Die letzten zwei Wochen verbrachte sie aufgrund der Schmerzen im Krankenhaus. Beim mühsamen Sprechen lief ihr schwarze Flüssigkeit, die sich vom Bauch über die Speiseröhre heraufdrückte, aus dem Mund. Zur Linderung dieser Situation legten ihr Ärzte eine Sonde über die Nase, damit Reden wieder möglich war und sie die üble Flüssigkeit nicht mehr schmecken musste. Der Krebs zehrte sie aus, Gesicht, Arme und Beine wurden immer dünner, nur der Bauch wurde größer. Ein halbes Jahr nach Diagnosestellung starb sie. Der Tod war eine Erlösung.

Neue Träume

Ich treffe auf einem Schiff eine ehemalige Kollegin. Wir stehen an Deck und sie meint aufmunternd zu mir, dass ich schon wieder ganz zuversichtlich wirke, worauf ich folgende Antwort gebe: »Matteo ist in ein fernes Land gereist und es wird nicht lange dauern, dann werde ich auch dorthin reisen. Jahre sind nur mehr Augenblicke. Die Zeit hat ihre Gültigkeit verloren.«

Auch Silas erzählte mir von einem Traum: Er fuhr mit Matteo ein paar Tage weg, um zu campieren. Sie hatten ihre Laptops dabei und sein Bruder wollte immer dieses und jenes Spiel mit ihm spielen. Silas dachte sich die ganz Zeit dabei, dass Matteo keine Zeit für die Spiele mehr habe, weil er ja in Kürze sterben würde. Er wollte es ihm sagen, aber er konnte es nicht, entweder ließ Matteo ihn nicht zu Wort kommen oder er brachte es nicht übers Herz, ihm seinen Tod anzukündigen.

Ich erzählte nun meinem jüngeren Sohn auch von meinem letzten Traum: Silas und sein Vater sitzen am Küchentisch, während ich am Kaffeeautomaten hantiere. Plötzlich betritt Matteo die Küche, er spricht laut und deutlich: »Hallo, was geht?« Und ich höre genau den Klang seiner Stimme. Blitzartig schießt es mir ein, ich sehe eine Halluzination und ich flüchte mit einem Teil der Kaffeemaschine ins Freie. Jetzt war es also so weit, ich bin verrückt geworden. In meiner tiefen Verzweiflung bilde ich mir ein, meinen verstorbenen Sohn zu sehen. Im Freien wollte ich mich wieder fassen und dann wachte ich auf. Der Traum erschien mir so echt, so real und die Unverwechselbarkeit seiner Stimme erschreckte und erstaunte mich gleichzeitig.

Geschichte und Politik

Ich lese Matteos Arbeiten, die er im Rahmen seines Studiums verfasste. Es ist für mich hart, sich wieder so intensiv mit seinen Überlegungen auseinanderzusetzen, denn ich sehe meinen Sohn vor mir, wie er am Laptop sitzt und schreibt und mir davon erzählt, mich daran teilhaben lässt. Diese Erinnerung schmerzt. Doch das Lesen bringt mir seine Sicht auf die Welt, seine Art nachzudenken, wieder nahe und ich kann seine Art, logisch und strukturiert, vielschichtig und aus mehreren Blickwinkeln heraus zu denken, wieder hautnah nachvollziehen.

Bei großen Themen wie Wahrheit und Lüge oder Recht und Unrecht wusste er, dass Kategorien wie Gut und Böse, Schwarz und Weiß nicht ausreichen, um die Komplexität der Welt zu beschreiben. Er liebte es, mündlich und schriftlich Diskurse zu führen, ob mit Gleichgesinnten oder konträr Denkenden, das war ihm egal. Allerdings, die Argumente des Gesprächspartners mussten stichhaltig sein, dann ließ er sich auch einmal vom Gegenteil überzeugen, es war nicht so, dass nur seine Meinung Gültigkeit hatte. Sein wacher Geist und die Tatsache, dass er seine eigenen Anschauungen immer wieder kritisch hinterfragte, machten einen Teil seiner Persönlichkeit aus.

Nicht nur sein Verstand und Geist, auch sein humanistisches Weltbild, der Glaube an Menschlichkeit und an die Wichtigkeit der Bildung und Aufklärung zeichnete sein Wesen aus. Dieser junge Mensch sprühte vor Idealismus und die Welt hätte noch viel Freude an ihm gehabt, außerdem wäre es mit ihm nie langweilig geworden. Materielle Dinge waren ihm von geringer Bedeutung, er wusste, was wirklich wichtig war. Er beendete einen Text zum Thema sozialer Ungleichheit folgendermaßen:

»Ebenso der Gedanke, ein erfülltes Leben wäre von Luxus und gesellschaftlicher Position abhängig, wird keine endgültige Zufriedenheit mit sich bringen. Am Ende eines Lebens lässt wahrscheinlich keine Summe der Welt und nicht die höchste Position einen Menschen zufrieden sterben. Echte Freundschaft, gelebte Menschlichkeit und Ehrlichkeit würden eher zu vollkommenem Glück führen, werden jedoch niemals käuflich zu erwerben sein.«

Dummheit nervte ihn und der Hetze, Ausländerfeindlichkeit und Lügen, wie sie oft und leicht in sozialen Netzwerken weiterverbreitet werden, wollte er etwas entgegensetzen. Er versuchte, mit Aufklärung und Recherche populistische Vereinfachungen richtigzustellen, doch viele wollten nur das hören, was in ihr Weltbild passte. Das Fremde machte Angst, die Angst wurde geschürt und der Neid auf alle, die vermeintlich nichts tun und vom Staat Unterstützung erhalten, war und ist vorprogrammiert.

Da er sich in seinem Geschichtestudium besonders intensiv mit der Ideologie des Nationalsozialismus und mit den Anfängen der NS-Zeit beschäftigte, hatte er ein Gespür dafür, wohin Hass und ständige Falschinformation im Extremfall führen können. Die Verwendung von Begriffen, die noch vor Jahren als inakzeptabel gegolten hatten, Verletzung von Menschenrechten, autoritäre Machtstrukturen, darin sah Matteo einen schleichenden Prozess, den man nicht einfach hinnehmen durfte. Auch die Judenverfolgung und geplante Ermordung von Menschen jüdischer Herkunft, getarnt mit dem Begriff der Endlösung, erfolgte nicht an einem Tag. Ihr ging eine Geschichte der Verleumdung und Verhetzung voraus. Darum sollte uns die Bedeutung der Demokratie, der freien und kritischen Meinungsäußerung mit der Gewaltentrennung und dem Recht auf freie Wahlen bewusst sein.

In den sozialen Netzwerken werden ungeniert rechtsextreme Äußerungen getätigt, diese Unverbesserlichen wollte er nicht unbehelligt lassen. Dazu nützte er auch einen Kontakt zu Karl Öllinger. Oft trat wahrscheinlich nur die Dummheit mancher Zeitgenossen in Erscheinung, gelegentlich sicher auch Hass und Minderwertigkeitskomplex. Und wenn ich am Abend auf der Terrasse sitze und aus dem Bierzelt ein »Sieg, heil« höre, weil es lustig ist, Bier so anzuschreien, dann weiß ich, warum meinen Söhnen das kleine Dorf zu eng geworden ist.

Auch ein Jahr nach seinem Tod bringt Matteo es zustande, mich zum Nachdenken anzuregen. Er schreibt in einem Text über Verteilungsgerechtigkeit, dass Menschen dazu neigen, auf Kosten anderer zu viel für sich in Anspruch zu nehmen. Ich überdenke mein eigenes Verhalten. Bin ich nicht auch gelegentlich egoistisch und darauf bedacht, meinen Vorteil zu sichern?

Im Allgemeinen, aber auch bei meinem Therapeuten. Und ich möchte ihm sagen, dass ich eigentlich kein Recht habe, so oft seine Hilfe und seine Aufmerksamkeit zu beanspruchen. Ich weiß nicht, ob mir das zusteht, und dennoch nehme ich das an und fühle mich verstanden und beschützt.

Suche

Zu Hause haben wir Fernweh und wir wollen uns auf die Reise begeben, um spannende Abenteuer zu erleben und unsere Langeweile zu vertreiben. Wir möchten neue Erfahrungen sammeln, fremde Kulturen kennenlernen, unseren Horizont erweitern, ungewöhnliche Aktivitäten ausprobieren. Wir empfinden Freude beim Anblick malerischer Landschaften und unberührter Natur, uns gefallen hohe Berge, weite Ozeane, tiefe Canyons, Tiere in freier Wildbahn. Das noch nie Erlebte zieht uns an. Doch kaum haben wir eine Reise abgehakt, planen wir schon die nächste. Leben wir im Ausland, vermissen wir unsere Heimat, zumindest das, woran wir uns so gern erinnern. Eigentlich suchen wir immer nur uns selbst. Wir bereisen Länder und Städte, um den Alltag abzuschütteln, Außergewöhnliches passieren zu lassen, besondere Begegnungen zu erfahren. In schönen Momenten tauchen wir in Zufriedenheit, sogar Glück und Begeisterung und wünschen, diese festzuhalten. Aber alles geht vorbei, wir können nur Augenblicke, bestenfalls Minuten oder Stunden genießen. Das muss reichen, um wieder eine Zeit davon zehren zu können. Dabei finden wir das, wonach wir uns am meisten sehnen, in uns.

Auch wenn wir jemanden lieben, fühlen wir uns ganz, vollkommener als vorher, der andere ergänzt unseren Mangel. Doch wir Menschen enttäuschen und werden enttäuscht, da niemand gut und vollkommen ist, weder ich, noch meine Mitmenschen. Wir möchten rücksichtsvoll, gerecht, aufmerksam und liebevoll behandelt werden, dabei vergessen wir darauf, dass wir zu oft auf unseren Vorteil bedacht handeln. Und trotzdem. Wenn wir über uns nachdenken, unser Denken und Handeln hinterfragen, dann können wir es vielleicht besser machen.

An manchen Tagen glaube ich, diese verdammte Sehnsucht frisst mich auf. Vielleicht vermisst man das am meisten, was man nicht mehr haben kann. Vielleicht will sich mein Herz aber auch nach etwas sehen, was unerreichbar und unerfüllbar ist. Der chronisch Kranke sehnt sich nach Gesundheit, die Mutter nach ihrem Kind, ein Mensch nach seinem Traumpartner, Lebende nach Verstorbenen. Wir erinnern uns, wie wir zu Hause bei den Eltern früher beschützt und angenommen waren. Zu der Zeit war alles noch so einfach und klar, aber irgendwann wurde alles kompliziert.

Ich werde den Gedanken nicht los, dass, je älter man wird und je zahlreicher die Erinnerungen werden, die Trauer und der Schmerz um alles Verlorene nicht weniger wird. Ich denke, das gehört zu unserem Leben, ob wir wollen oder nicht.

So befinden wir uns andauernd auf der Suche, wir sehnen uns nach Glück, nach Erfüllung unserer Wünsche, streben nach Ausschöpfung unseres Potenzials. Wir möchten unsere kreativen Möglichkeiten oder sozialen Fähigkeiten nicht ungenützt lassen, um am Ende zu erkennen, dass wir letztendlich unsere Erfüllung nur im Tod oder bei Gott erlangen.

One-Night-Stand

Mein Freund war gestorben. Er war meine erste große Liebe. Die Todesnachricht wurde mir telefonisch übermittelt. Es war unbegreiflich und zwei Tage lang zwickte ich mich immer wieder in die Wange, um aus dem Albtraum aufzuwachen. Mein Gehirn gaukelte mir, um die Situation irgendwie aushalten zu können, einen Zwischen- oder Übergangszustand vor. Nur, das was so undenkbar schien, war kein Traum, es war bittere Wirklichkeit. Als ich dann begriffen hatte, mein Freund würde nicht mehr zu mir kommen, sehnte ich mich nach dem Tod.

Ich verweigerte das Essen. Das ging ganz leicht, weil kein Hungergefühl vorhanden war. Meine Gedanken kreisten um Finn. Hatte er noch an mich gedacht, bevor er starb? Wusste er, dass er sterben würde? Konnte er sich von seinen Eltern verabschieden? Warum starb er, obwohl es anfangs nicht so schlimm um ihn stand?

Der Tod ist ein Geheimnis, das wir nicht auflösen können, auch wenn wir glauben, dass mit dem heutigen Stand der Medizin und Wissenschaft alles machbar und erklärbar ist. Und gerade, weil wir so denken, fällt es uns so schwer, seine Endgültigkeit und unsere Endlichkeit zu akzeptieren.

In den ersten Wochen und Monaten träumte ich immer wieder denselben Traum: Ich stehe auf einer Anhöhe, auf einer grünen Wiese, alles ist frei und hell und ich sehe Finn. Wir gehen zueinander und er nimmt mich in seine Arme und sagt zu mir: »Katja, ich lebe, ich bin nicht tot.« Ich war so erleichtert und verstand nicht, warum die Menschen in meiner Umgebung das Gegenteil behaupteten. In diesem Moment wachte ich immer auf und merkte, dass ich wieder nur geträumt hatte und die Wirklichkeit so grausam war, wie sie nur sein konnte.

Ich suchte keinen Kontakt zu seinen Eltern, die ich kaum kannte. Eines hatte Finn mir erzählt und zwar, dass er einen Bruder hatte, der mit vier Jahren an Verbrennungen oder Verbrühungen gestorben war. Jetzt hatten seine Eltern wieder einen Sohn durch einen Unfall verloren. Weil ich ihnen aber sagen wollte, wie wichtig er mir war, schrieb ich ihnen einen Brief. 15 Jahre später erfuhr ich durch Zufall, dass seine Eltern meinen Brief noch nach Jahren immer wieder hervorgeholt hatten, um ihn zu lesen. Wie gut, dass ich ihnen Trost spenden konnte.

Ich aß wenig bis nichts. Wie lange würde es wohl dauern zu verhungern? Ich wollte bei Finn sein und konnte das nur durch meinen Tod erreichen. Um es kurz zu machen, bei einem Gewicht von knapp unter 40 kg erkannte ich auf einmal, dass meine Eltern schon krank vor Sorge um mich waren. Vielleicht träumte ich auch zu dieser Zeit den Traum, in dem mir Finn versichert, nicht gestorben zu sein, zum letzten Mal. Nach über 30 Jahren verstehe ich alles ein bisschen besser. Es kann heißen: Ich lebe weiter in deinem Herzen, in deiner Erinnerung, wann immer du an mich denkst. Ich versuchte, mich dem Leben wieder zuzuwenden und das unabänderliche Schicksal zu akzeptieren. Außerdem, so dachten viele, sei ich ja noch so jung und würde schon wieder jemanden kennenlernen, mit dem ich glücklich werden könnte.

Und genau das war der springende Punkt. Einem Mann, der mich an ihn erinnerte, der ihm ähnlich war, einem solchen wollte ich wieder begegnen. Das Aussehen war nicht so wichtig, aber ein Mann, dem ich vertrauen konnte, ein Mann mit einem sanften Wesen, so jemand würde doch auf dieser Welt noch zu finden sein.

Ich ahnte, dass ich mich nie mehr so verlieben würde, vielleicht auch als Schutz, weil man nie wusste, was passieren konnte, aber es war bereits über ein Jahr vergangen und es tat sich nichts. Zumindest nichts, was von Bedeutung gewesen wäre. Wie sollte man auch mit einem Menschen, von dem man nur die positiven Seiten kannte, konkurrieren können? Die Suche war vergeblich, ich würde niemanden finden, der Finn annähernd gleich war.

Um dem Alleinsein entgegenzuwirken und weil ich immer an die Idee eines Auswegs glaube, hatte ich plötzlich beim Fortgehen folgenden Einfall. Ein Kind zu haben, wäre die perfekte Lösung für meine Einsamkeit. Ich brauchte keinen Mann, keinen Partner, ein Kind würde reichen.

Ich malte mir aus, dass ich mit einem Mann einen One-Night-Stand haben müsste. Um bei dieser Gelegenheit auch noch schwanger zu werden, sollte der günstige Zeitpunkt eines Eisprungs und das spontane Kennenlernen einer männlichen Person, die mit mir Sex haben wollte, zusammenpassen. Diese Person sollte auch einigermaßen sympathisch, nicht dumm und unansehnlich sein. Gar kein leichtes Unterfangen.

Irgendwie klappte meine Idee nicht. Lange verfolgte ich meinen Plan nicht und mangels passender potenzieller Kandidaten zerschlug er sich schnell wieder. Ich denke, dass ich damals sehr einsam gewesen sein muss.

Max

Wir lernten uns in einer Diskothek kennen. Der sportliche Bursche gefiel mir, keine Frage, doch er war jünger als ich und ich war ja immer noch auf der Suche nach einer Kopie von Finn. Der junge Mann, der mich oder ich ihn ansprach, war schüchtern und kein großer Redner. Fußballspielen war seine große Leidenschaft, darum ging er an Samstagen, wenn überhaupt, höchstens bis Mitternacht aus, um am Sonntag für das wöchentliche Spiel in der Regionalliga fit zu sein. Er trank keinen oder nur wenig Alkohol, hörte sich damals ein bisschen langweilig an.

Gegen halb zwölf verabschiedete er sich mit den Worten, dass am nächsten Tag ein Spiel sei, und wenn ich möchte, wenn ich Interesse hätte, könnte ich ihn anrufen. Das lief irgendwie ganz anders.

Nicht ich wurde nach meiner Telefonnummer gefragt und wartete auf einen Anruf (oder auch nicht) –nein, ich konnte entscheiden, ob ich mich genügend für diese Bekanntschaft interessierte, und durfte meine Wahl treffen. Anruf oder nicht. Das beeindruckte mich. Dann sagte er mir noch, dass, wenn sich seine Eltern melden, ich mich nicht über deren Namen wundern sollte, er heiße wie sein Vater, der bei einem Motorradunfall ums Leben gekommen war. Sofort spürte ich eine Verbindung, aber ich sagte ihm noch nichts über mein einschneidendes Erlebnis mit Finn und über meinen ersten großen Verlust. Aber es war der Augenblick, in dem ich wahrscheinlich die Entscheidung traf, den jungen Mann anzurufen. Ich war nicht sofort verliebt. Das hatte ich einmal erlebt und es endete tödlich. Es war eine neue Erfahrung, einen Menschen näher kennenzulernen und einfach zu schauen, wie es sich entwickelte. Und es entwickelte sich sehr gut. Ich konnte diesem Mann vertrauen und mich auf ihn einlassen. Wir kannten uns etwa ein Jahr, als mich mein Freund fragte: »Kannst du dir vorstellen, mich zu heiraten?« War das jetzt ein vorsichtig formulierter Heiratsantrag? Ich ging kurz aus dem Zimmer, hatte nicht gleich eine Antwort parat. Als ich wieder zurückkam, sagte ich: »Vielleicht.« Vielleicht schien mir die beste Antwort zu sein, denn ich wollte mich noch nicht festlegen. Doch fühlte ich mich geehrt und war glücklich und beeindruckt, dass er schon so früh wusste, was er wollte, und keine Angst vor einer festen Bindung hatte.

Angst

An den Wochenenden war ich oft nahe daran, in ein Loch zu stürzen, jedes Wochenende war eine Herausforderung. Zu zweit ging es einigermaßen, aber als Max bei einem Freund eingeladen war, verbrachte ich zum ersten Mal seit Matteos Tod einen Samstagabend allein zu Hause. Und dann schaute sie wieder bei mir vorbei, die Angst, und ich erkannte sie als das, was sie war.

Sie kroch in mich, zuerst als mulmiges Gefühl, dann überfiel sie mich regelrecht, ich konnte ihr nichts entgegensetzen, ich war ihr ausgeliefert. Es war anders als beim Schmerz, der ließ nach einiger Zeit nach. Die Angst aber verwandelte sich in Verzweiflung und ich konnte zum ersten Mal in meinem Leben verstehen, warum Menschen ihrem Leben ein Ende machen. Es war nicht das mir bekannte Sehnen nach einem geliebten Verstorbenen, nein, es war das Erkennen eines Auswegs. Und der Gedanke an sich hatte nichts Schweres, er war irgendwie naheliegend. Es muss für uns auch diese Möglichkeit geben, freiwillig aus dem Leben zu scheiden, wir haben die Freiheit, eine schwerwiegende Entscheidung zu treffen.

Einerseits fand ich nichts Verwerfliches an meinen Gedanken, andererseits vermied ich es, mit jemandem darüber zu reden, weil ich mich schämte. Nicht dass ich etwas getan hätte, da war ich noch weit davon entfernt, aber diese Gedanken waren da und mussten durchdacht werden.

Seit Matteos Tod fühlte sich vieles diffus an und offensichtlich war ich mit Angst konfrontiert. Bei der kleinsten, für andere gar nicht merkbaren Aufregung, befiel mich Unruhe. Weder konnte ich im Fernsehen schlimme Nachrichten oder Filme sehen, in denen Gewalt, Verletzung oder Tod vorkamen, noch einen Krimi lesen. Alleine das Wort »Herz« löste bei mir Herzklopfen aus und das Krankenhaus betrat ich mit großem Widerwillen. Beim Ertönen eines Rettungshorns fühlte ich mich fast bedroht und um Rettungspersonal und Notärzte machte ich einen großen Bogen. Ihre roten Rettungsjacken versetzten mich in jene entsetzliche Nacht und erinnerten mich an das Scheitern meiner vergeblichen Reanimationsversuche. Ich hatte versagt auf jeder Linie. Und immer wieder dieses furchtbare Bild im Kopf.

Wovor fürchtete ich mich eigentlich? Ich hatte Angst, dass das Bild meines Sohnes, so wie ich ihn in jener Nacht vorgefunden hatte, ständig präsent bleiben würde. Angst, mir immer Vorwürfe zu machen, zu spät bei ihm gewesen zu sein, Angst, unter erdrückenden, unerträglichen Schuldgefühlen zu leiden. Angst, in meiner Arbeit unbrauchbar, weil nicht mehr belastbar, zu sein. Angst vor der Zukunft, Angst vor der Erwartungshaltung anderer. Angst, in meinem Leben nie mehr glücklich zu sein. Am allermeisten aber Angst, geliebte Menschen durch Tod zu verlieren. In der Einsamkeit des Abends verzweifelte ich zunehmend. Erst als mein Mann eintraf, wurde es wieder besser, die Furcht begann sich aufzulösen.

Ich sprach nie mit Max über meine Gedanken an Suizid, denn ich wollte ihn nicht beunruhigen. Nur Ulrich konnte ich damit konfrontieren. Aber selbst bei ihm fiel es mir schwer.

Die Geburt des ersten Kindes

Nach 24 Stunden Wehen verzweifelte ich, so hilflos und ausgeliefert, wie ich war. Völlig erschöpft, von den Wehen überrollt, glaubte ich, sterben zu müssen. Aber die Hebammen und Ärzte, es war bereits der dritte Dienstwechsel, verschwiegen mir, so meine Annahme, dass ich die Geburt nicht überleben werde. Ich wollte nur mehr, dass das Kind endlich den Weg aus mir fand und ich schwor mir, falls ich lebend aus dieser Situation hervorgehen würde, nie mehr ein Kind zu bekommen.

Endlich. Nach 30 Stunden Wehen in unserer Welt angekommen, unsanft mit der Saugglocke herausgezogen. Mein kleiner Sohn wollte lieber noch in der alles umsorgenden, gemütlichen Fruchtblase bleiben, warm und geborgen.

Objektiv betrachtet würde wohl kaum jemand ein Neugeborenes als hübsch bezeichnen. Aber eine Mutter, verwirrt von vielen Hormonen und Erwartungen, sieht ihr Kind und weiß: Mein Baby ist *wirklich* das schönste der Welt. Mochten die Augen noch so geschwollen, die Haut noch so rot und verhutzelt, der Kopf von der Saugglocke noch so verformt sein, ich spürte die Liebe zu diesem kleinen Wesen. Obwohl körperlich jetzt getrennt, waren wir immer noch eins. In diesem Moment war ich der glücklichste Mensch auf Erden. Wir beide hatten es geschafft.

Zu dritt

Bereits vier Wochen nach Matteos Geburt begannen wir mit dem Bau unseres Hauses, nicht ahnend, dass der Zeitpunkt kein gut gewählter war. Bauchkoliken plagten unser kleines Baby und, sobald es wach wurde, weinte es. Max arbeitete in seiner Freizeit auf der Baustelle und ich war den ganzen Tag mit unserem Kind beschäftigt. Beide waren wir überfordert. Ich stillte, ich wickelte, ich beruhigte und trug Matteo. In den Nächten wurde mir der Schlaf zu wenig und am Tag erschöpfte mich die ständige Verfügbarkeit (das ständige Verfügbarsein). Ich hatte es mir viel leichter und beschaulicher vorgestellt. Ich glaubte, dass unsere Elternschaft, miteinander ein Kind zu haben, die Krönung unserer Liebe sein würde. Doch unser Sohn störte unsere Zweisamkeit und die Liebe zwischen Max und mir wurde nicht gekrönt, sondern vor eine neue Herausforderung gestellt.

Mit der Zeit legten sich die Bauchschmerzen unseres Babys und wir kamen immer besser zurecht. Meinen kleinen Sohn im Arm zu halten und seine Fortschritte zu sehen machte mich glücklich und entschädigte mich für sämtliche Strapazen. Auch Max begann, seine Vaterrolle zu genießen, und der Hausbau schritt zügig voran.

Und nachdem wir in unser neues Haus eingezogen waren, konnte ich mir wieder vorstellen, ein Kind zu bekommen. Die anstrengende Geburt, die erschöpfende erste Zeit danach, die schlaflosen Nächte, die Sorge um das Kind, alles schien vergessen. Ich teilte meinem Mann meinen Wunsch mit und hoffte auf seine Zustimmung. Er meinte, er wäre auch mit einem Kind glücklich. Vielleicht hatte sich die belastende Anfangszeit mit dem gleichzeitigen Hausbau mehr in sein Gedächtnis als in meines eingebrannt. Glücklicherweise war schließlich auch Max für ein zweites Kind bereit und stimmte meinem Kinderwunsch zu.

Ich denke, ein Kind zu verlieren, ist eine Tragödie, doch das einzige Kind zu verlieren, die absolute Katastrophe, ein Supergau schlechthin.

Silas

Schon während meiner Schwangerschaft zu Silas bemerkte ich, dass das in mir heranwachsende Kind nicht so lebhaft war und sanfter gegen die Bauchwand boxte als sein drei Jahre älterer Bruder. Silas war kräftiger gebaut und ein halbes Kilo schwerer als Matteo und passte nicht durch mein enges Becken, er wurde mit Kaiserschnitt in diese Welt geholt. Ich hatte keine Narkose, sondern einen Kreuzstich bekommen. Zwischen 3. und 4. Lendenwirbel wurde ein Betäubungsmittel eingespritzt, das Becken wurde schmerzunempfindlich und die Beine wurden taub, mein Gewicht fühlte sich an, als hätte ich plötzlich 200 kg. Ich bekam mit, dass eine besondere Lagerung notwendig war und dass die Ärzte und Ärztinnen mit Instrumenten am Bauch hantierten. Als der Schnitt gesetzt war, schoben sie das Kind ziemlich kräftig nach unten, um es herausnehmen zu können. Ein OP-Pfleger zeigte mir das Neugeborene mit den Worten: »Es ist ein Bub!« Ich sah auf meinen Sohn, er war perfekt! Und in diesem Moment wusste ich, dass ich auch für dieses Kind so viel Liebe wie für seinen Bruder empfand.

Silas war ein angenehmes, ruhiges Baby, das nur zum Abend hin etwas weinerlich wurde und dann getragen werden wollte. Für Matteo war es sicher eine große Umstellung, dass ihm seine Mutter nicht mehr so viel Aufmerksamkeit entgegenbrachte wie früher. Daher traf es sich gut, dass wir kurz zuvor in eine neue Siedlung, wo es einige junge Familien mit Kindern gab, umgezogen waren. Matteo, immer auf der Suche nach Kontakten und Anregung, besuchte gerne die Nachbarsjungen. Dabei war es ihm egal, wenn er einmal eine Stunde hatte warten müssen, weil er so häufig aufkreuzte oder zu einem ungeeigneten Zeitpunkt vor der Tür der Nachbarn stand.

So konnte ich auch alleine mit Silas Zeit verbringen, was ich genoss, weil mein zweiter Sohn eine beruhigende Wirkung auf mich hatte. Silas war der Ausgleich zu meinem lieben, aber auch sehr aufgeweckten Sohn Matteo. Ausgeglichen, ruhig aber auch nicht zu ruhig, angenehm und höflich, Regeln befolgend, abwartend, aber dennoch selbstbewusst und sich nicht unterlegen fühlend oder unterwürfig, so würde ich unseren jüngeren Sohn wohl am besten beschreiben.

Als Silas sechs Jahre alt war, beschlossen wir, uns eine Katze zuzulegen. Er verbrachte viel Zeit mit dem kleinen Kater Leo, der ihm vertraute und sich von ihm die Schnurrhaare abschneiden ließ. Silas befürchtete, dass Leo, wenn er noch wachsen würde, mit seinen langen Schnurrhaaren nicht mehr durch den Türrahmen passen könnte. Und außerdem, der Papa rasierte sich ja auch. Wir klärten unseren Sohn über die Wichtigkeit der Barthaare für Katzen auf. Er verstand und dem jungen Tier wuchsen sie wieder nach. Weil er zu dieser Zeit auch gerne Löcher in seine Kleidung schnitt, versteckten wir die Scheren für eine Zeit, bis sich diese Phase wieder gelegt hatte.

Mein mathematisch und mit Logik begabter Sohn liebte das Spielen mit Lego und mit Sand – alles, was mit Bauen, Konstruieren und Planen zu tun hatte. Stundenlang konnte er sich alleine beim Spielen beschäftigen.

Ich war überrascht, dass eine Lehrerin Silas als durchsetzungsstark bezeichnete. Wenn Silas, der bei seinem älteren Bruder oft klein beigeben musste, durchsetzungsstark oder gar dominant war, was war dann Matteo? Dieser provozierte seinen Bruder gerne und es dauerte nicht lange, bis sie aufeinander lagen, saßen oder sich in einem Knäuel befanden, sich Gemeinheiten an den

Kopf warfen, boxten, drückten, aber nur so viel, dass sie sich nie wirklich verletzten. Für mich, die es lieber harmonisch haben wollte, waren diese Spielchen immer wieder ärgerlich, aber auch aufregend und irgendwie interessant. Und ich hatte mich daran gewöhnt.

Zu viert

Alles, was uns vorschwebte, hatten wir erreicht: zwei gesunde Kinder, ein Haus mit Garten und eine gute Partnerschaft. Ich denke, dass sich mein Mann durch den Unfalltod seiner beiden Brüder und den frühen Tod seiner Eltern noch mehr auf uns, seine eigene Familie konzentrierte.

Nach der Karenzzeit begann ich mit Unterstützung meiner Eltern und der meines Mannes wieder meine Arbeit im Krankenhaus. Max lernte zu kochen und wusste, wie man einen Staubsauger bedient. Wegen meines frühen Dienstbeginns hatte Max die Aufgabe, die Kinder in den Kindergarten und in die Schule zu bringen. Oft trödelten sie, dann wieder stritten sie oder wollten fernsehen. Ich war froh, dass er diesen Part in der Früh übernahm, und sicher, dass er das gut hinbekam. Mein Mann konnte generell gut mit Kindern umgehen. Er mag sie, sie sind ihm nie zu laut oder zu frech und er unterhält sie mit lustigen Bemerkungen. Aussagen wie »Max, schade, dass du nicht mehr Jugendbetreuer bei der Feuerwehr bist, die Kinder mögen dich« oder »Wenn du in der Bücherei warst, war meinen Buben nie langweilig« freuten mich für ihn, ja machten mich sogar ein bisschen neidisch.

Max kümmerte sich liebevoll um unsere Söhne, wenn ich Nacht- oder Wochenenddienst hatte. Er bereitete das Essen zu, half den Kindern auf der Toilette … Oft schlief ein Sohn, manchmal auch beide, in meinem Bett, wenn ich nicht da war. Außerdem hatten wir noch eine Matratze in unser Schlafzimmer gelegt, denn manchmal kam einer in der Nacht und fragte, ob er bei uns schlafen dürfe.

Venedig und andere Urlaube

Als unsere Kinder zwei und fünf Jahre waren, fuhren Max und ich für ein paar Tage nach Venedig. Es war das erste Mal, dass wir ohne die Kinder waren. Ich freute mich darauf, ungestört Zeit mit meinem Mann verbringen zu können, und nahm mir vor, diese freien Tage so richtig zu genießen. Der Menschenauflauf am Markusplatz störte uns nicht und wir bewunderten die edlen Masken und die Kunstwerke der Glasbläserei. Alles war gut bis zum Abend. Wir wollten den schönen Tag bei einem Glas italienischen Rotwein ausklingen lassen, doch dann setzte etwas unerbittlich ein: ein Gefühl, das ich als Heimweh erkannte. Mit einem Schlag vermisste ich die zwei kleinen Menschen. Wie konnte ich, wie konnten wir nur unsere beiden Söhne zu Hause lassen! Max bemerkte, dass ich von einem Moment auf den anderen durcheinander, ja deprimiert war. Ich meinte, dass mir die Kinder so fehlten und ich bereute meinen Entschluss, mit meinem Mann alleine einen Kurzurlaub geplant zu haben. Er versuchte alles, mich aus dieser Stimmung wieder herauszuschälen. Sie waren bei meiner Mutter in guten Händen, waren gut aufgehoben. Meine Sehnsucht nach unseren Kindern hatte mich an diesem Abend so eingenommen, dass ich keinen Urlaub mehr ohne die beiden machten wollte.

In den Sommermonaten hatten mein Mann und ich über viele Jahre hinweg nur eine gemeinsame Urlaubswoche, weil wir unseren Urlaub versetzt nahmen. Meine Eltern sollten mit der Betreuung ihrer beiden Enkelkinder nicht so eingeteilt und gefordert sein. Wir unternahmen meist Badeurlaube, bei denen es seitens der Kinder eine Bedingung gab: eine Wasserrutsche musste vor Ort sein.

Beide liebten Wasserrutschen. Unsere Tage waren unbeschwert und ohne Zeitdruck. Die beiden Buben rauften viel weniger als sonst, wahrscheinlich weil auch wir Eltern entspannter waren. Die schöne Zeit verging uns allen viel zu schnell.

Matteos Schulweg

Ich habe nachgeschaut, von der Volksschule zu unserem Haus betrug die Länge des Weges rund 900 Meter. Matteo traf ein bis eineinhalb Stunden nach Unterrichtsende zu Hause ein. Manchmal begleitete er einen Schulfreund, der in der anderen Richtung wohnte, oder er blieb am Spielplatz hängen, den er als Abkürzung durchquerte. Matteo (oder junge Kinder überhaupt?) hatte kein Zeitgefühl, keinen Hunger. Wenn er jemanden traf, mit dem er sich unterhalten und spielen konnte, vergaß er, dass zu Hause die Mutter und das Essen auf ihn warteten. Ich wollte ihn ermahnen, wenn es wieder mal besonders spät wurde, aber jedes Mal war ich froh, ihn gesund zu sehen und wieder bei mir zu haben. Er erzählte mir gleich, warum es länger gedauert hatte. Ich konnte ihm in diesem Moment nicht mehr böse sein, sagte ihm nur, dass ich mir Sorgen gemacht hatte, dass ihm etwas passiert sein könnte. Oft pflückte er mir Wiesenblumen, einmal ein paar Blumen aus dem Garten der Nachbarin.

An einem warmen Frühlingstag, als Matteo noch immer nicht nach Hause gekommen war, fuhr ich mit dem Rad zur Schule Ich machte mich sicher lächerlich, als ich bei der Frau Direktor nachfragte, ob denn der Unterricht heute länger gedauert habe. Die Direktorin blickte von ihrem Schreibtisch auf und meinte, dass die Eltern im Falle einer Stundenplanänderung ja informiert worden wären. Wir kamen dann ziemlich zeitgleich zu Hause an. Warum es so spät wurde, weiß ich heute nicht mehr. Ich war glücklich, meinen Sohn zu sehen, und auch er strahlte vor Freude.

Bei Silas war es anders. Er brauchte für den gleichen Schulweg eine halbe Stunde. Er ging ein Stück mit seinem

Freund, an der Kreuzung trennten sie sich. Eigentlich hätten sie miteinander weiter ihren Weg fortsetzen können, doch es hätte für die beiden einen kleinen Umweg bedeutet. Silas benützte die obere und sein Freund die untere Straße. Sie waren fast Nachbarn, aber diesen kleinen Umweg wollte keiner von beiden auf sich nehmen.

Silas' Zivildienst

Prägend war für Silas die Zeit, in der er in einem Wohnheim für Menschen mit Beeinträchtigung seinen Zivildienst leistete. Die Verantwortung für einen 19-jährigen Schüler, der in der Pflege völlig unbedarft war, war groß. Die Zivildiener unterstützten ihre Klienten bei sämtlichen Tätigkeiten. Sie gaben den BewohnerInnen, die nur mühsam schlucken konnten, zu essen und sie hoben Gelähmte mittels Lifts hoch, um sie zu baden. Er assistierte bei einem Harnkatheter-Wechsel und putzte fremde Zähne, kämmte und föhnte Haare und brachte BewohnerInnen zu Bett. Nach einem Monat Einschulungszeit waren die jungen Zivildiener mehr oder weniger auf sich alleine gestellt.

Was aber über seine Kräfte hinausging, war die Tatsache, dass einige von den Heimbewohnern recht egoistisch waren, immer alles auf der Stelle wollten und trotzdem unzufrieden waren. Eine Klientin hatte ihn angelogen, sie dürfe noch aufbleiben, er müsse sie nicht ins Bett bringen. Er wurde am nächsten Tag von seiner Chefin gerügt, weil er seine Aufgabe nicht gut erfüllt hatte. Silas glaubte, dass alle Heimbewohner nette, dankbare Menschen sind, die sich über seine Hilfe freuen. Aber das traf auf manche nicht zu. Und da überlegte er, den Dienst auf der Station zu beenden. Ein Gespräch mit der Abteilungsleiterin bewog ihn aber doch zu bleiben und er lernte einzuschätzen, wem gegenüber er nicht nachgiebig sein durfte und wo er sich freundschaftlich verhalten konnte. Es lief dann so gut, dass er auch später noch aushilfsmäßig Dienste in der Wohngruppe machte.

Zwei Brüder

Als Kinder balgten und stritten sie, ich kann mich selten an schönes Spielen erinnern. Das muss ihre Art des Miteinander-Spielens gewesen sein. Matteos Unerschrockenheit, seine Offenheit, seine freundliche Ausstrahlung und seine kurzweilige Art machten es ihm leicht, sich mit anderen Kindern anzufreunden. Oft besuchten ihn Schulkameraden oder er besuchte sie. Silas wiederum trug und trägt eine Ruhe in sich, die auf mich und andere übergeht. Er ist zurückhaltender, als es Matteo war, vielleicht etwas überlegter, aber nicht unzugänglich. Silas besitzt eine angeborene Ausgeglichenheit und Höflichkeit und das Gen des Provozierens ist ihm fremd. Und so prallten ihre gegensätzlichen Charaktere manchmal aufeinander. Die Brüder spielten lieber mit den Jungen aus der Nachbarschaft und den Schulkameraden. Auswärts, in der Gruppe, beim Lagerbauen im Wald, beim Fußballspielen unterstützten und beschützten sie sich. Die beiden liebten sich, aber so hätten Matteo und Silas das gewiss nicht bezeichnet. Obwohl sie unterschiedlich in ihrer Art sind beziehungsweise waren (Es tut weh, von Matteo in der Vergangenheit zu sprechen.) wurde ihr Verhältnis in den letzten Jahren sehr gut und sie vertrauten einander Geheimnisse an. Ich war nicht mehr ihre wichtigste Vertraute.

Matteo bewunderte Silas für seine unaufdringliche und umsichtige Art. Sein jüngerer Bruder legte eine Gelassenheit an den Tag, um die ihn sein älterer Bruder manchmal beneidete. Silas wiederum bewunderte Matteo für seine spontanen Ideen und seine Redegewandtheit und dafür, wie leicht er sich tat, mit Fremden in Kontakt zu treten.

Es tut mir so leid, dass Silas keinen Bruder mehr hat, mit dem er sich austauschen und Spaß haben kann. Ich weiß nicht, wie es sich anfühlt, einen Bruder, eine Schwester zu verlieren, und ich konnte ihm in dieser schrecklichen Zeit keine Hilfe sein. Alle Gedanken konzentrierten sich auf Matteo und ich wünschte, ich hätte ihn besser unterstützt.

Silas, meine Liebe zu dir war immer ungebrochen und ich bin stolz auf dich, wie du mit diesem schweren Verlust umgegangen bist und noch immer umgehst.

Mein größter Wunsch – Vernunft ist nicht alles

Ich denke an Silas, meinen gefühlvollen Sohn mit seinem ausgeglichenen Gemüt. Und allein der Gedanke, dass ihm ein Unglück passieren könnte, macht mich halb wahnsinnig. Ich bin auf der Verstandesebene an einem Punkt angelangt, an dem ich weiß, dass ich kaum Einfluss auf das Schicksal nehmen kann. Daher bleibt mir nur eine höhere Ebene. Ich bete zum Universum, dass mein Sohn verschont bleibe von Unfall und schwerer Krankheit, dass sein Leben möglichst glücklich ohne weitere schwere Schicksalsschläge verlaufen möge.

Ich wende mich an Gott mit dieser Bitte und versuche Zweifel zu vermeiden. Aber es ist schwierig, ganz ohne Zweifel zu glauben und alles hinzunehmen, was einem auferlegt wird. Ich lege meine Liebe und meinen Willen in diesen Wunsch und auch den Hinweis, dass es jetzt einmal wirklich genug ist, dass so junge Menschen aus unserer Familie und Freunde schon gestorben sind.

Kann man Unglück anziehen oder kann man es aktiv abwenden? Ich bekomme keine Antwort und laufe Gefahr, dass Unsicherheit und Angst wieder viel Platz einnehmen und das zuvor mühsam aufgebaute Vertrauen verdrängen. Fragen zu stellen, die einem niemand beantworten kann, macht keinen Sinn und trotzdem tauchen sie als Überlegungen in meinem Kopf auf und lassen sich nicht unterdrücken.

Es gibt noch einen Wunsch und der wurde mir bewusst, als ich die Worte »Bis zum Wiedersehen« (im Text Abschied) gelesen habe. Wenn meine Gedanken wieder schwer und düster werden, wünsche ich mir nichts sehnlicher als ein Wiedersehen mit Matteo und ich wusste nicht einmal, dass ich diesen Wunsch so tief und stark in mir spüre. Dann habe ich das Gefühl, nur mehr für diesen einen Augenblick zu leben.

Dieser und auch der Wunsch, Silas solle nichts Schlimmes passieren, stellen alles andere in den Schatten.

Vielleicht kann ich Matteo im Tod wieder begegnen und die Vorstellung eines Wiedersehens erfüllt mich mit Freude. Zu denken, es könne möglich sein, ihn auf der anderen Seite wiederzusehen, macht den Tod fast attraktiv für mich. Wie viel hilft mir eine liebevolle Erinnerung an ihn, die immer von Schmerz durchdrungen sein wird? Matteo hat mir so viel gegeben, er hat meine Seele und mein Leben geprägt. Wieder fehlt er mir unendlich.

Ich wünsche es mir so sehr, doch mein Verstand meint: Unwahrscheinlich, dass es danach noch etwas gibt. Mein Herz aber glaubt daran, meinen Sohn wiederzusehen. Verstand und Vernunft sind nicht alles.

Die nicht beschriebene Todesnacht

Meine Erzählung wollte ich mit der Todesnacht, mit der Nacht, in der unser Sohn verstarb, enden lassen. Immer wenn ich versuche, sie in mein Gedächtnis zu rufen, stoppt mich etwas. Ich denke, es sind mein Lebenstrieb und Überlebenswille, die mich von schrecklichen Erinnerungen fernhalten wollen. Etwas Unsichtbares, das mir helfen möchte. Es ist nicht mein Verstand, der sich auch noch an Einzelheiten erinnern könnte, der mich aufhält, sondern etwas, das sich in meinem Inneren befindet, nicht in meinem Gehirn, irgendwo anders. Es sagt mir, dass ich Ruhe geben soll und dieses Erlebnis einfach tiefer und tiefer fallen lassen soll, bis es den Grund erreicht und in dieser Abgeschiedenheit nicht mehr so leicht und häufig in mein Bewusstsein dringt.

Es muss nicht alles beschrieben und besprochen werden und ich bin mir nicht sicher, ob jemand lesen möchte, was in jener Nacht passiert ist. Irgendwann muss man beginnen zu vergessen, sogar das Sterben des geliebten Kindes, denke ich. Vielleicht ist es möglich, dass sich ein Schleier über meine Erinnerung legt, damit ich nur mehr undeutliche Umrisse wahrnehmen kann.

Ich habe das Gefühl, jetzt einmal genug über die Toten geschrieben zu haben. Könnte auch sein, dass sie und ich ihren Frieden haben wollen.

Der Schmerz hat sich verringert und mit ihm die Trauer. Mit Gefühlen von solcher Intensität wäre ein Weiterleben für mich unmöglich gewesen. Mein Körper und meine Seele wären zugrunde gegangen, wenn der Schmerz nicht deutlich nachgelassen hätte.

Ich merke, dass meinem Mann und mir gesellschaftliche Konventionen unwichtig geworden sind. Einige ausgewählte Kontakte bzw. Freundschaften reichen uns. Wir genügen uns selbst und sind uns unserer gegenseitigen Bedeutung und Fürsorge bewusst.

Wir haben dieses schlimme Unglück durchlebt, die Situation ausgehalten und ertragen. Aber welche Wunden oder Narben wird der Tod von Matteo in meiner Familie und in mir hinterlassen?

Was hat es mit mir gemacht und wie habe ich mich verändert? Wer bin ich eigentlich jetzt? Bin ich eine Kämpferin, die auf ihre Kraft vertraut? Oder eine Glückssucherin, die Schmerzen vermeidet? Bin ich begabt im Vergessen und Verdrängen? Warum möchte ich keine Erinnerung an diese Nacht mehr haben und sie aus meinem Gedächtnis löschen? Ich weiß es nicht.

Die Angst in dieser Nacht war so gewaltig, so übermächtig und verdichtet. Sie hat mich noch immer nicht ganz verlassen. Ich denke, dass die Angst, ein Kind zu verlieren, größer ist als die Angst vor dem eigenen Tod. Jedes Mal, wenn ich mich bewusst oder einfach aus dem Nichts daran erinnere, wird auch wieder die Angst in mir wach, die mich nicht vor etwas beschützt oder warnt, die mich nur belastet und mich unangenehm berührt.

Todesnacht

Nach Betrachtung und Auseinandersetzung mit der größten Angst, die ich bisher in meinem Leben verspürt habe, stelle ich fest, dass sie für mich in der Gegenwart keine starke Belastung mehr ist. Mag sein, dass jetzt ein guter Zeitpunkt ist, zumindest in Teilen die Nacht Revue passieren zu lassen, ohne dass Angstgefühle aufkommen.

Nur Matteo und ich waren an diesem Samstagabend zu Hause. Sein Bruder war bei Freunden eingeladen und wollte dort auch übernachten und mein Mann war zum nahegelegenen See angeln gefahren.

Matteo erzählte mir, dass er seine Proseminararbeit über den Film »Jud Süß« am Vortag fertiggeschrieben hatte und gespannt auf das Urteil des Professors war. Er schrieb seinen Hochschulprofessoren E-Mails und scheute sich nicht, auch hartnäckig um Feedback zu bitten. Meist war dieses positiv, und wenn es sehr gut war, schickte er mir einen Screenshot davon. Er brauchte diese Bestätigung, vor allem, weil er dadurch zu weiteren guten Überlegungen und Leistungen angespornt wurde und seine Persönlichkeit sich weiterentwickelte.

Wir sprachen noch über den baldigen Bezug der neuen Wohnung in Wien. Ende Juli hatten wir bei einem Möbelhaus eine kleine Küchenzeile in Auftrag gegeben, aber leider konnte kein Maß von der Küche genommen werden, weil vor der Schlüsselübergabe, die Ende August stattfinden sollte, keine Wohnungsbesichtigung mehr möglich war. Die Küche wäre dann erst im Oktober geliefert worden. Mein Sohn ärgerte sich ein wenig darüber, aber ich beruhigte ihn und meinte, dass man mit einer elektrischen Heizplatte, einer Kaffeemaschine und einem Wasserkocher gut improvisieren könne.

Dann hatten Matteo und ich noch Spaß, weil er einen Politiker parodierte. Er wusste eben, wie er mich amüsieren konnte. Gegen 23 Uhr kam mein Mann vom Angeln zurück, ich hatte noch auf ihn gewartet. Er hatte keine Fische gefangen, aber das Erleben in der Natur ist für ihn Erholung. Wir unterhielten uns noch etwa eine Stunde, und als mein Mann und ich zu Bett gingen, meinte mein Sohn zu mir: »Mama, heute ist es aber spät geworden bei dir. Gute Nacht!«

Es waren die letzten Worte, die Matteo zu mir sagte. »Gute Nacht!«, wünschte auch ich ihm zum letzten Mal.

Es war eine dieser Tropennächte, in denen das Thermometer nicht unter 20 Grad fiel und in der man nur bei geöffneten Balkon- und Zimmertüren guten Schlaf finden konnte. Das Gästezimmer, in dem Matteo schlief, weil es mehr Platz und ein größeres Bett bot, lag neben unserem Schlafzimmer und auch hier war die Tür zum Balkon offen.

Ich überlege noch heute, warum wir nichts gehört haben. Keine Worte oder Rufe über Unwohlsein oder Schmerzen unseres Sohnes. Hatte er sich noch bemerkbar gemacht und wir überhörten es, weil wir so tief schliefen? War er so schnell ohnmächtig geworden? War es ein Sekundentod? Wie erlebte er das Versagen seines Herzens? Bekam er es mit?

Wie oft zermarterte ich mir in den ersten Wochen das Gehirn ohne Ergebnis, ohne Erkenntnis. Dafür waren die Schuldgefühle umso heftiger.

Wach wurde ich in dem Moment, als mein Mann sagte: »Matteo, dreh den Fernseher leise.« Er hatte einen leichteren Schlaf als ich und wurde sogar von Matteos

Schritten, wenn er in der Nacht mit seiner Freundin telefonierend umherging, geweckt.

Ob es nur eine Ahnung oder nicht zuordenbare Geräusche waren, entzog sich der Erinnerung meines Mannes. Ich hörte keine Stimmen vom Fernseher, nur ein Räuspern und ein Schlucken meines Sohnes. Dann nichts mehr. Es war still. Totenstill.

Ich weiß nicht mehr genau, ob ich kurz eingenickt bin oder für einige Minuten im Bett liegend wartete, aber eine Unruhe beschlich mich, weil es so ruhig war. Wie viel Zeit verging, bis ich aufstand und in das Zimmer meines Sohnes schaute, kann ich nicht mehr in Erfahrung bringen. Ich wünschte mir, ich hätte es sofort gemacht. Ich fand ihn, wie er quer im Bett am Rücken lag. Es schien, als würde er schlafen, aber irgendwie wirkte es unnatürlich.

Ich sprach ihn an und wollte ihn wachrütteln. Ich suchte seinen Puls am Hals und schaute, ob sich sein Brustkorb hob und senkte, ob er atmete. Nichts davon war vorhanden und ich erkannte den Ernst der Situation. Ich rief zu meinem Mann, er solle sofort die Rettung anrufen, weil Matteo nicht mehr atmete.

Neben ihm lag sein Handy, er hatte um 2 Uhr noch eine WhatsApp-Nachricht von Rosa erhalten. Es war 10 Minuten nach 2 Uhr.

Schuldgefühle

Seit Matteos Tod tauchten neben der Angst und der Trauer auch immer wieder Schuldgefühle auf. Ich fühlte mich nicht nur schuldig, nein ich *war* schuldig. Dieser Gedanke wurde zu einer fixen Vorstellung von mir. Und das waren die Gründe für das Urteil »Schuldig«

- Ich war zu spät bei meinem Sohn, obwohl ich schon eine ungute Ahnung hatte.
- Ich habe verabsäumt, ihn auf den Boden zu ziehen, um die Herzmassage besser ausführen zu können.

Matteo hatte sich in den zwei Wochen davor immer wieder geräuspert und ich hatte ihn gefragt, ob er sich eine Bronchitis oder eine Erkältung zugezogen hätte. Er verneinte, aber vielleicht hatte ich etwas übersehen. Vielleicht hätte ich dem nachgehen und ihn zum Arzt schicken sollen. Aus medizinischer Sicht konnte nach der Obduktion auch eine Erkrankung der Lunge nicht ganz ausgeschlossen werden.

Ich hätte jemanden zum 1 km entfernten Defibrillator schicken können. Aber um 2 Uhr in der Nacht? Wen? Ich hätte Matteo ausdrücklich erlauben sollen, den Hund der Freundin in den Ferien mitzunehmen. Aber unsere Katze war immer komplett irritiert und beleidigt. Vielleicht hätte sich der Hund gemeldet, wenn er gemerkt hätte, dass es Matteo schlecht ging.

Ich dachte, dass meine Erziehung unzulänglich war. Immer wieder ging ich im Kopf durch, welche Fehler ich vielleicht gemacht hatte. Ich hätte noch ein drittes oder ein viertes Kind bekommen sollen, damit Silas noch

Geschwister hätte. Es war jetzt auch meine Schuld, dass Silas alleine war.

Wir lösten den Mietvertrag der Genossenschaftswohnung auf und Matteos Freundin zog wieder zu ihren Eltern in das Burgenland. Wir fühlten uns schuldig, dass sie nicht in Wien bleiben konnte, obwohl wir vorher mit ihr gesprochen hatten und sie einverstanden war.

Als wäre der Schmerz an sich nicht schon genug gewesen, die Schuld machte mich zusätzlich fertig. Ich überlegte mir, zur Beichte zu gehen und mir eine Absolution, ein Lossprechen von Sünde zu holen, aber ich hatte Bedenken. So machte ich es zum Thema bei meinem Therapeuten. Vielleicht konnte er mir in dieser Angelegenheit weiterhelfen. Er ging ein wenig auf die erwähnten Punkte ein und meinte dann für mich überraschend zu mir: »Sag: Ich habe keine Schuld!«

Ich war etwas verwirrt, doch folgte ich seiner Anweisung und sagte eindringlich zu mir und zu ihm:

»Ich habe keine Schuld!« Konnte mir dieser einfache Satz wirklich helfen?

Ich vertraute Ulrich und es wirkte. Das Gefühl von Schuld und Versagen belastete mich kaum mehr.

Rosa und Matteo

Bis November kam Matteo regelmäßig jedes Wochenende nach Hause. Als er dann das erste verlängerte Wochenende in Wien blieb, um zu lernen, wurde ich stutzig. Er erzählte mir, dass er mit einem Mädchen vom Studentenheim in die Universitätsbibliothek gehe, um dort gemeinsam zu lernen.

Beim nächsten Besuch in Oberösterreich nahm er meine Akustikgitarre ins Heim mit. Mit Gitarrespielen konnte man doch sicher bei einer jungen Frau einen guten Eindruck machen.

Seinen eindeutigen Hinweisen nach küssten sie sich kurz vor den Weihnachtsferien zum ersten Mal und am Beginn der Semesterferien war sie für ihn seine Freundin. Sie waren ein Liebespaar geworden. Matteo war unheimlich stolz auf seine hübsche, kluge Freundin und stellte sie uns dann in den nächsten Ferien zu Ostern vor.

In den fast vier Jahren ihrer Beziehung hörte ich nur Gutes über Rosa. Unser Sohn schwärmte von ihrem Aussehen, ihrem liebenswürdigen und bescheidenen Wesen, ihrer zurückhaltenden und verständnisvollen Art und ihrer Treue zu ihren Eltern, den Freunden und natürlich zu ihm. Wenn jemand ihr Vertrauen gewonnen hatte, stand sie zu ihrem Wort und zu diesem Menschen. Sie machte ihm nie Vorschriften. Er konnte weiterhin selbstbestimmt und frei leben.

Seit einiger Zeit rechnete ich nun damit, dass Rosa das Profilbild, auf dem sie Matteo küsst, auf WhatsApp ändern würde. Matteo kann für uns alle nur mehr Vergangenheit sein. So weh es tut, doch auch ich muss endlich seine Telefonnummer aus meinem Handy löschen, denn er wird uns nicht mehr anrufen können.

Im ersten Jahr nach seinem Tod hatte ich noch öfter mit Rosa telefoniert. Doch im Laufe der Zeit vermied ich immer mehr, mich bei ihr zu melden. Ich wollte sie nicht an unsere Familie binden und vor allem wollte ich nicht, dass sie mich an meinen verstorbenen Sohn und an ihre gemeinsame glückliche Zeit erinnert. Es schmerzte mich jedes Mal. Schließlich konnte ich mich überwinden und schrieb ihr nach längerer Zeit ein paar Zeilen.

Mit ihrer Antwort rührte sie mich sehr. Sie vermisse Matteo an gewissen Tagen wie an ihrem Jahrestag, dem Valentinstag oder an ihren Geburtstagen besonders. Rund um diese Tage werde sie wieder traurig. Sie meinte auch, dass sie ihm so gerne die Nachricht über ihren Studienabschluss überbringen hätte wollen, weil sie wusste, wie wichtig ihm das war. Es erstaunte mich, dass auch sie immer Momente hatte, in denen sie nicht glauben konnte, dass ihr Freund wirklich gestorben war.

Ich erinnere mich, wie sie eine ganze Stunde im Aufbahrungsraum der Prosektur von ihrem Freund Abschied genommen hat. Ich erinnere mich, wie sie ihm in der Urne einen letzten Brief mitgegeben hat. Die beiden liebten sich, der Gedanke daran ist leicht und schwer zugleich.

Die Zeit mit Matteo ist für uns beide vorbei und diesen Gedanken, diese Tatsache zu ertragen fällt uns nicht leicht. Natürlich bin ich gerührt, dass sie noch so verbunden ist mit ihm. Es tut mir gut, mich nicht alleine in dieser Sehnsucht nach meinem Sohn zu wissen.

Aber etwas in mir sagt mir, dass es wichtiger ist, Rosa Mut für ihre Arbeitssuche und für die Zukunft zu machen. Mein Mann und ich wünschen ihr, jemanden zu finden, der sie liebt, den sie liebt und auf den sie sich wieder ganz einlassen kann. Ich denke, es gibt keinen Menschen, der es mehr verdient hätte, wieder glücklich zu sein.

Rosa änderte erst nach über drei Jahren ihr WhatsApp-Profilbild. Unsere freundschaftliche Beziehung ist aufrecht geblieben. Ja, ich freue mich jedes Mal über unseren Gedankenaustausch und darüber, dass sie uns weiter an ihrem Leben teilhaben lässt.

Verzeihen

Matteo, was hast du uns nur angetan?

Wie konnte ich meinem Sohn jemals verzeihen, dass er sich so einfach von dieser Welt verabschiedet hat? Er hat mich, seine Familie, seine Freundin verlassen und uns in diesem Elend und einer unerträglichen Situation zurückgelassen. Ich suchte die Schuld bei mir, aber auch bei ihm. Hätte er besser auf seinen Körper achtgeben sollen? War sein sorgloser Umgang mit seiner Gesundheit ein Grund, so jung zu sterben?

Ich wollte eine Erklärung finden und ich war nicht bereit, meinem Sohn seinen Lebenswandel und seinen Tod zu verzeihen. Und mir konnte ich nicht verzeihen, dass ich ihn nicht zu einem gesünderen Lebensstil erzogen hatte. Wenn ich ihn darauf aufmerksam machte, meinte er nur: »Mach dir keine Sorgen, Mama!« Oder schon genervter, er wisse schon, was er tue.

An einem Morgen, als ich mich noch zwischen Schlaf und Erwachen befand, war es, als würde Matteo mit mir Kontakt aufnehmen. In meiner Erinnerung war es mehr eine Vision als ein Traum.

Er stand vor mir und lächelte und ich hatte plötzlich das große Bedürfnis, ihm zu sagen: »Matteo, ich verzeihe dir alles, was noch zwischen uns stand, und dass du gestorben bist.«

Und dann fiel mir ein, auch ich wollte ihn um Verzeihung bitten für alles, was ich nicht richtig, sondern falsch gemacht hatte. Dafür, dass ich ihn manchmal geschimpft habe und dass ich nicht immer gerecht war.

Daraufhin sagte er zu mir: »Mama, es gibt nichts zu verzeihen!« Ich glaube, im Leben hätte er mir keinen schöneren Satz sagen können. Er sah nichts, was er mir zu verzeihen hatte, und darum war es mir nun ein Leichtes, auch ihm seinen Tod zu verzeihen, und allmählich suchte ich auch keinen Grund und keinen Schuldigen mehr.

Sein früher Tod war schicksalshaft.

Was nicht sein darf – ein verwirrender Traum

Es gab diesen Traum, den ich besser nie geträumt und nie aufgeschrieben hätte. Was ich geschrieben hatte, musste wieder verschwinden. Ich löschte die Zeilen in meinem Text. Doch jener Mensch, den es betraf, hatte sie schon gelesen. Nun war es zu spät, ich hatte mich gezeigt. Ich hätte den Traum für mich behalten sollen. Aber die damit verbundene Einsicht bewegte mich.

Der Tod meines Sohnes ließ mich in einer großen Unsicherheit zurück und Ulrich gab mir neben seiner professionellen Hilfe vor allem Sicherheit. Ich konnte mich an ihn wenden und mich auf ihn verlassen. Auf einmal merkte ich, dass meine Empfindung von Geborgenheit und Zuneigung immer tiefer wurde und ich nichts mehr dagegen tun konnte.

Gleichzeitig erschrak ich, ich wollte diese Gefühle nicht. Irgendwie passte etwas für mich ganz und gar nicht. Sollte ich nicht mehr hingehen, meine Therapie abbrechen? Wie konnte ich damit umgehen? War es möglich, diese Gefühle zu akzeptieren? Waren sie mit der Liebe zu meinem Mann und meinem übrigen Lebensumfeld zu vereinbaren?

Ich war entschlossen, einen Weg zu finden, und versuchte, mich von meinen Emotionen ein wenig zu distanzieren und sie besser zu verstehen.

Es war notwendig, Vernunft ins Spiel zu bringen, denn ich wollte meinen Mann keinesfalls verletzen und auf keinen Fall verlieren. Auch bei ihm fühle ich mich sicher, er ist mein Freund, mein Ruhepol, meine Anlaufstelle und er vertraut mir. Und vielleicht bin auch ich ihm ein Halt in seinem Leben.

Ich stellte mir vor, dass Gott durch Ulrich wirkte oder sich zeigte, und ich wollte, so gut es ging, »rein« denken. Ich wollte niemanden stören oder verletzen und nichts zerstören. Außerdem war mir ja klar, dass es keine Erwiderung geben konnte. So war es möglich, mit meinem Inneren halbwegs im Einklang zu sein, ohne meine Gefühle abschneiden zu müssen.

Nach außen hin aber musste ich mich verbiegen, ich konnte nicht zu mir stehen. Niemand durfte vom Traum und davon, was mich mit ihm verband, erfahren. Wie sollte ich jemandem etwas erklären, wofür ich selbst kaum eine Erklärung hatte?

Noch einmal saß ich am Computer und markierte die zu löschenden Zeilen des Textes. Ich brachte es nicht zusammen, mein Herz wehrte sich dagegen, eine kostbare Erfahrung der Zensur zum Opfer fallen zu lassen.

Ich wollte und konnte dieses Geschenk weder von meinem Computer noch aus meinem Herzen löschen.

Was treibt mich an?

Der Wunsch, einen Satz zu schreiben, den ich so noch nie gelesen habe oder der so noch nie geschrieben wurde. Dieser Gedanke hat irgendwie von mir Besitz ergriffen. Ich hoffe, er hört sich nicht überheblich an. Kreativität kann, so kommt es mir vor, kaum aus dem bewussten Denken heraus geschöpft werden. Wie kann ich dennoch inspiriert werden, wenn ich keinen Zugang zum Unbewussten und Unterbewussten habe?

Hängt Inspiration mit Freiheit oder mit der Intensität eines Wunsches zusammen? Mit der Begeisterung an einer Sache oder an einem Menschen? Kann tiefe Sehnsucht dazu beitragen, das Gespürte auch mit Worten begreifbar zu machen? Hängt Kreativität auch mit der Geduld zu warten, bis man wieder eine entsprechende Eingebung hat, zusammen? Wird die Inspiration davon gestört, wenn man sich etwas zu vehement wünscht?

Ich frage mich, was mich im Innersten antreibt. Sehnsucht? Liebe? Trauer? Begeisterung? Vieles, was tief in mir ist und sich eingebrannt hat, das Schöne und das Entsetzliche, das mit Worten kaum Auszusprechende. All das treibt mich an.

Zweifel

Von einem Tag auf den anderen wendet sich das Blatt, die ersten Zweifel tauchen wieder auf. Eigentlich ist mein Schreiben eher von mittelmäßiger Qualität und meine Freundinnen könnten sich auch wieder einmal bei mir melden und überhaupt, für was oder wen ist das Ganze eigentlich gut? Ist das der Sinn meines Lebens, das, was davon noch übriggeblieben ist?

Ich spüre, wie mein Selbstvertrauen schwindet, wie die Leichtigkeit vergeht, wie dunkle Gedanken sich in mir ausbreiten wollen. Schon beim ersten Anflug kämpfe ich dagegen an, ich möchte mich gut und getragen fühlen. Doch die Zweifel machen alles zunichte. Meine zurechtgelegten Glaubenssätze, meine Überlebenssätze greifen nicht mehr richtig. Ich halte mich für einen bemitleidenswerten und mit größter Ungerechtigkeit geschlagenen Menschen. Vor kurzer Zeit war ich noch beflügelt, die Grenzen waren weit und heute bin ich unglücklich und traurig.

Dabei gibt es keinen besonderen Anlass, mich miserabel zu fühlen. Vielleicht ein kleines Hindernis, ein kleines Ziel, das ich nicht erreicht habe, eine Unsicherheit. Was weiß ich. Zweifel, der Gegenspieler von Vertrauen und Glauben, ist in meinem Kopf gelandet und macht mir trübe Gedanken.

Ich mache mich verantwortlich dafür, dass ich es nicht geschafft habe loszulassen, mich in Gelassenheit zu üben, um glücklich zu werden. Ich wollte nicht mehr von äußeren Umständen oder Menschen abhängig sein, wollte vielmehr meine Zufriedenheit, mein Glück in mir selbst finden. Ich habe wo gelesen, dass man nur so dem

Tragischen im Leben entkommen kann. Und es klingt wirklich hoffnungsvoll: Wir lassen alles los, hängen unser Herz an nichts und niemanden, weil alles vergänglich ist. So werden wir nie mehr Leid oder Unglück empfinden. Ich habe die Erfahrung gemacht, dass so manche Theorie in der Realität nicht hält, was sie verspricht. Die Vorstellung, es könnte helfen, sich an niemanden zu binden, stammt sicher nicht von jemandem, dessen Kind gestorben ist.

Loslassen setze ich mit »nicht mehr lieben« gleich, mit Gleichgültigkeit und Bedeutungslosigkeit. Das kann ich in meinen Gedanken nicht vereinbaren. Das geht nicht, da leide ich lieber.

Ich erinnere mich, als ich mich vor einem Jahr unerträglich und unstillbar nach Matteo gesehnt habe. Die unüberwindbare Wand zwischen Diesseits und Jenseits, die mich von meinem Sohn trennte, wollte ich einreißen. Ich war machtlos und konnte diese Sehnsucht durch nichts auflösen. Sie war purer Schmerz.

Wenn das Sehnen nach meinem Sohn heute ruhiger und erträglicher geworden ist, kommt es mir nicht in den Sinn, ihn ganz loszulassen. Der Schmerz und die Traurigkeit sind berechtigt, dürfen ihren Platz haben in meinem Leben.

(Nach zwei, drei Tagen haben sich meine Zweifel wieder gelegt. Und wenn sich der Zweifel auflöst, ist die Traurigkeit in mir gut zu ertragen.)

Italienreise

Meine Mutter lud meine Schwester Martina und mich auf eine Busreise nach Süditalien ein. Penibel vermied ich jedes Gespräch mit Reiseteilnehmern, das zu persönlich werden konnte. Themen wie der Beruf oder der Wohnort, Allgemeines waren in Ordnung. Aber sobald es in Richtung »Kinder« ging, suchte ich das Weite. Ich habe noch keine Idee, wie ich das handhaben soll.

Habe ich zwei Kinder oder eines? Wenn ich nur von einem Sohn spreche, lasse ich Matteo unter den »Tisch fallen«, und wenn ich meinen verstorbenen Sohn erwähne, löse ich Betroffenheit aus, und ich möchte eigentlich niemandem seine Laune verderben. Ich werde mich auch in Zukunft noch bedeckt halten, man erzählt nicht nebenbei vom tragischen Tod des Sohnes.

Meine Schwester und ich

Martina war die brave und angepasste Tochter, die für die Übernahme des elterlichen Betriebes vorbereitet wurde, und ich die freche Rebellin, die oft widersprach, gerne ihren Kopf durchsetzen wollte und viel mehr Freiheiten genoss als ihre Schwester. Meist ist es ja so, dass Eltern ihr erstes Kind strenger erziehen, weil sie ängstlicher in ihrer Sorge sind oder weil sie glauben, sich an bestimmte Richtlinien halten zu müssen. Beim zweiten Kind werden sie gelassener. Wir haben einen beträchtlichen Altersunterschied und unterscheiden uns wesentlich in unserer Art und unseren Interessen. Martina heiratete sehr früh. Sie ist eine leidenschaftliche Köchin und eifrige Gärtnerin – Dinge, für die ich mich nie wirklich begeistern konnte.

Ich erwartete mir nach dem Tod Matteos, dass sie für mich die richtigen Worte finden würde. Aber wie konnte man die richtigen Worte finden? Wie wäre es mir damit ergangen, wenn eines ihrer Kinder gestorben wäre? Martina machte es auf ihre Weise. Sie stellte ein Foto von Matteo, ihrem Patenkind, in ihr Schlafzimmer und neulich legte sie ein Gesteck mit einem Engel auf sein Grab. Meine Schwester betet für ihn und ich glaube, ihr fällt es leicht, an ein Leben nach dem Tod zu glauben. Sie findet in ihrer religiösen Überzeugung Halt, genauso wie meine Mutter. Auch sie schließt Matteo in ihre Gebete mit ein. Sie meint, sie könne sonst nichts mehr für ihn tun. Ich weiß nicht, ob die Gebete meinen verstorbenen Sohn erreichen, aber alleine die Vorstellung, sie könnten es, ist schön und traurig zugleich.

Die Kinder und der Kater

Jeder unserer Söhne wollte am Abend unseren Kater zu sich mit ins Bett nehmen, um seine flauschige, beruhigende Anwesenheit in der Nacht zu genießen. Es entwickelte sich ein regelrechter Konkurrenzkampf um die Katze.

Silas war dabei im Vorteil, weil er, als wir das Tier zu uns nahmen, seine Bezugsperson wurde. Es waren Sommerferien, Silas kümmerte sich um den jungen Kater, denn er verbrachte die meiste Zeit zu Hause.

Wenn sich Matteo am Abend das Tier schnappte und zu sich ins Schlafzimmer trug, hoffte er, dass er die ganze Nacht bleiben würde.

Aber eigenwillig, wie die meisten Katzen sind, verließ dieser Matteos Zimmer und wanderte zu Silas. Beide Türen standen einladend offen. Am nächsten Morgen berichtete Silas seinem Bruder, wie nahe unser Kater an seinem Kopf gelegen war.

Nachts darauf schlich sich Matteo in Silas Zimmer, um den schlafenden Kater zu »stehlen«. Dabei glaubte er, dass sein Bruder nichts mitbekommen würde. Zweimal Türe zu, damit das Tier nicht wieder davonlaufen konnte. Unser Kater – gestört im Schlaf – ließ sich in seinem Eigensinn dieses Vorgehen nicht gefallen. Er miaute und schrie, bis es dem älteren Bruder zu dumm wurde und er die Schlafzimmertür wieder öffnete. Oder er blieb und machte auch mal eine Lache auf den Boden oder in das Bett. Matteo wiederholte seine Strategie des Katzenraubes, aber irgendwann musste er einsehen, dass man eine Katze schlecht zwingen kann.

Silas erzählte mir diese Geschichte, weil er es berührend fand, wie sehr sich Matteo um den Kater bemüht, aber meist ein bisschen das Nachsehen gehabt hatte. Und wie er versuchte, es leise zu machen, damit Silas nicht bemerkte, dass er das Tier wieder mitnahm. Aber leise und Matteo – das passte nicht zusammen.

Matteo und die Semmeln

Mein Sohn wollte nationalsozialistisches und rassistisches Gedankengut, wenn es bei Menschen zutage kam, nicht hinnehmen, nicht gelten lassen. Vor allem junge Menschen wollte er durch Argumentation umstimmen, denn er hatte auch schon erfahren, dass dieses Vorhaben umso schwieriger ist, je eingefahrener eine Meinung bereits ist.

Matteo, so berichtete mir ein Freund, war ein Bäckerlehrling aus nächster Umgebung aufgefallen. Der Bursche dürfte im Internet mit entsprechenden Postings bei meinem Sohn einen schlechten Eindruck hinterlassen haben. Matteo, der für ausgefallene Ideen bei seinen Freunden nicht unbekannt war, hatte nun folgenden Plan.

Er wollte dem Lehrherrn des jungen Mannes einen Brief oder eine E-Mail mit etwa folgendem Inhalt schreiben:

Als langjähriger Kunde seiner Bäckerei sei es ihm zu Ohren gekommen, dass der Bäckermeister einen Lehrling beschäftige, der rechtsextreme Äußerungen im Netz gemacht habe oder Verbindungen dieser Gesinnung nahestehe. Als stets zufriedene Kundschaft wolle er auf keinen Fall, dass Brot und Gebäck vom Bäcker seines Vertrauens von einem rechtsradikalen Geist umweht werde. Er solle mit dem Jugendlichen ein ernstes Gespräch führen und vertraue dabei seinem Gespür, denn der Bäckermeister habe ja schon erfolgreich viele Lehrlinge ausgebildet. Auf keinen Fall wolle er eines Tages in seinen Semmeln ein Hakenkreuz vorfinden!

Wir wissen nicht, ob er diesen Brief wirklich schrieb, aber alleine die Vorstellung, wie er seine Freunde mit dieser Idee unterhalten und diese auf komödiantische Weise vorgetragen hatte, erheiterte uns. Seine Gedankenspiele waren herrlich schräg und einzigartig – wie er!

In den Kirchen

Auch früher besuchte ich schon gern Kirchen, wenn ich unterwegs war. Mit Interesse bestaunte ich ihre Architektur, ob sie romanisch, gotisch oder barock war, und sah mir die Gemälde, die Figuren und die Glasfenster an.

Jetzt haben Kirchen für mich eine neue Bedeutung dazugewonnen. Ich betrete sie und suche gleich die Ständer oder die Tischchen mit den Kerzen oder Teelichtern. Ich zünde eine Kerze an und werfe eine Münze in den Opferstock. Dann setze ich mich in eine Bank und ganz schnell verbinde ich mich mit meinem verstorbenen Sohn. Diese ruhigen Minuten in einer Kirche gehören nur ihm und mir.

Ich erzähle ihm, was ich so erlebe, was mich zum Beispiel auf einer Reise beeindruckt hat und was auch ihn zu erfahren interessiert hätte. Er hatte die Fähigkeit, sich für etwas begeistern zu können.

Ich stelle mir sein Gesicht vor und ich fühle mich ihm so nahe, dass ich glaube, seine Seele in mir zu spüren. Es ist komplett anders, als sich einfach an ihn zu erinnern. Ich versuche mich mit seinen Gedanken und seinem Wesen, dem, was ihn ausmachte, zu identifizieren, seine Gedanken mit meinen verschmelzen zu lassen. Ich liebte ihn einfach so sehr.

Ich sage ihm auch, wie es mir mit anderen Menschen geht, zum Beispiel mit seiner Großmutter, dass sie immer recht behalten will, und wenn sie sich etwas in den Kopf setzt, nicht davon abzubringen ist. Matteo versteht mich, er kennt sie ja und weiß, dass es mit ihr manchmal etwas schwierig wird.

Nicht nur meine Erlebnisse vertraue ich ihm an, auch meine Wünsche, meine Konflikte und meine Traurigkeit. Irgendwie meint er, dass es ja normal sei, traurig zu sein, weil das Vermissen und die Sehnsucht dazugehören, wenn man einen Menschen sehr geliebt hat. Also, Matteo wäre traurig, wenn er mir nicht zumindest zeitweise fehlen würde. Vielleicht kann es für mein Leben sogar bereichernd sein, manchmal Traurigkeit zu verspüren. Als ein tiefes Gefühl verbunden mit Liebe zu ihm bis zu meinem eigenen Tod.

Das beruhigt mich, ich muss die Traurigkeit und die Sehnsucht aus meinem Leben nicht verbannen und ich wünsche mir, unsere innige Verbindung immer wieder herstellen zu können. Es funktioniert auch außerhalb von Kirchen, etwa in der Natur. Wesentlich ist dabei, von Stille umgeben zu sein. Oder von ruhiger Musik und angenehmen Hintergrundgeräuschen, wie sie in der Natur vorkommen.

Das ist mit ein Grund, warum ich das Laute, das ewig gleiche Gerede, den Alltagstratsch, die Wichtigtuer, die Ohne-Pause-Redner, die mich als Zuhörer benutzen, vermeide. Es langweilt und ermüdet mich, ich gehe unter und es laugt mich aus.

Allerheiligen und die Aussicht auf Weihnachten

Kaum glaubte ich noch unverwüstlich und wie Phönix aus der Asche auferstanden zu sein, zwingt mich ein bevorstehendes Ereignis in die Knie. Alleine die Vorstellung, wie ich Allerheiligen überstehen soll, reicht aus, dass ich wieder verloren bin.

Ich versuche mich an positiven Werten und an dem, was ich habe, festzuhalten, aber es entgleitet mir alles. Ich bin unversöhnlich, mein Mann kann es mir nicht recht machen, ich bin traurig und ungehalten und meine guten Vorsätze sind wie weggeblasen.

Der Grund meines seelischen Tiefs ist dieser: Das Grab meines Sohnes muss neu bepflanzt werden. Es widerstrebt mir so sehr. Schon am Morgen bin ich ungemütlich und reizbar. Ich wollte, es würde kein Grab geben. Ich hasse es, weil es mich an den Schmerz erinnert, an die unbarmherzige Endgültigkeit und an die grenzenlose Ungerechtigkeit, die ich immer noch empfinde.

Es wird in meinem Leben keinen Tag geben, an dem ich gern zum Grab gehen werde. Nur den einen – den letzten, wenn sich meine Asche in der Urne befindet.

Und wie halte ich es mit Weihnachten, mit allen zukünftigen Weihnachtsabenden und mit der schrecklichen Gewissheit, dass unser Sohn nie mehr bei uns sein wird? Diese Aussicht quält mich und macht mich unglücklich. Weihnachten ist und bleibt eine sentimental unangenehme Angelegenheit für jeden, der einsam, unglücklich, ausgegrenzt, trauernd ist. Und so auch für uns, weil an solchen Abenden der Verlust besonders heftig wahrgenommen wird. Wenn es nach mir ginge, würde ich sämtliche Feiertage abschaffen. »Wir werden diese Tage über uns ergehen lassen«, tröstet mich mein Mann, auch diese Tage gingen vorüber. Es stimmt, was er sagt. Auch diese Tage gehen vorüber.

Überraschenderweise haben uns die Eltern von Marie, Silas' Freundin, eingeladen, mit ihnen den Weihnachtsabend zu verbringen. Es ist ein Wagnis, doch so können wir das seit Jahrzehnten gewohnte Feiern mit meiner gesamten Familie unterbrechen. Die Einladung macht es uns leichter, das Angebot meiner Mutter abzulehnen. Vielleicht kann uns ein Tapetenwechsel zu Weihnachten helfen, die Lücke, die Matteo hinterlassen hat, nicht so stark zu spüren.

1. November

Ich sehne mich danach, mich mit meinem Sohn zu verbinden, weil er mir so fehlt. Er ist unwiederbringlich von mir entfernt. Seinen Geist spüre ich noch, doch es ist mir in diesem Moment viel zu wenig. Ich wollte, ich könnte mit ihm reden, lachen, in sein Gesicht blicken, ihm durch sein Haar streichen, ihn irgendwie berühren. Aber seinen Körper gibt es schon lange nicht mehr. Die Sehnsucht nach ihm ist wieder groß.

Vor einem Jahr stand ich weinend am Grab und fühlte mich in meiner tiefen Trauer zusätzlich beobachtet. Die Menschen, die ebenfalls Gräber aufsuchen, meinen es nicht böse mit mir und bemitleiden mich.

Nur, ich will kein Mitleid mehr haben, ich will stark sein und nicht bloßgestellt und gedemütigt. Darum wollte ich mir diesen Gang ersparen und dem öffentlich zur Schau gestellten Totengedenken aus dem Wege gehen. Ich hätte geweint und mich dafür geschämt. Ich hätte allen Menschen ihren Kummer erleichtert und ihre Last weniger drückend gemacht. Ihr Leid wäre dann nur mehr ein Bruchteil meines Schicksals. Sie wissen das und ich weiß es und ich war nicht in der Lage, jemandem diesen Gefallen zu tun.

Ich hoffte, damit auch dem Schmerz entgehen zu können. Diese Hoffnung hat sich nicht erfüllt. Dem ganzen Allerheiligentag haftet der Tod an.

Am Abend zündete ich einige Kerzen an und wartete auf die verbindende Kraft des Feuers und der Flammen. Doch ein Kontakt mit meinem verstorbenen Sohn wollte mir nicht recht gelingen. So begegnete ich Gott mit Liebe, die nicht an Menschen gebunden ist. Auf diesem Weg ist es mir meist möglich, eine Verbindung herzustellen.

Kurze Zeit später »meldete« sich Matteo und machte mich mit seinen (oder waren es meine) Gedanken wieder froher und dann ging auch dieser Abend vorüber und war Geschichte.

Spiritualität

Ich gestehe, früher kaum Gedanken an eine geistige und spirituelle Welt verschwendet zu haben. Es existierte nur diese eine reale Welt für mich. Die Toten waren für mich von der Bildfläche verschwunden, nur mehr in der Erinnerung lebendig.

Meine Antennen, meine Fühler waren von der Überbetonung der Naturwissenschaft abgestumpft. Es zählte nur das, was wir sehen und beweisen können.

Aber die Welt der empirischen Wissenschaft ist begrenzt und wirft mehr Fragen auf, als sie beantworten kann.

Der anderen Welt, Gott und dem, was dahintersteht, kann ich mich nicht mit der Logik der Vernunft nähern, nur mit Liebe. Eigentlich spreche ich ungefragt mit niemandem über meinen Zugang zu Spiritualität. Es ist auch nicht notwendig, weil ich diese Erfahrung als intim und nahegehend empfinde.

Oft enden meine spirituellen Erlebnisse in einem Dialog mit Matteo.

Alleine

Schon als Kind war ich daran gewöhnt, meine Eltern oder meine ältere Schwester nicht immer in greifbarer Nähe zu haben.

Einige Male reiste ich als junge Frau alleine, ich war selbstbewusst und sorglos. Eine gewisse Unsicherheit in mir mag schon da gewesen sein, aber ich war bei der Rückkehr immer stolz, alles gemeistert zu haben.

Nach der Geburt meiner beiden Söhne war ich zusammen mit meinem Mann für zwei weitere Leben verantwortlich und die Sorglosigkeit wich der Fürsorge und auch Sorge. Solange man keine Kinder hat, kann man sich ein Leben mit ihnen nicht vorstellen, und ab dem Tag ihrer Geburt konnte ich es mir ohne sie nicht mehr vorstellen. Wir gaben so wie alle Eltern unseren Kindern Liebe und Zärtlichkeit, aber auch viel von unserer Kraft und Energie.

Ich muss mich mit Matteos Tod abfinden und mich ohne meinen Sohn wieder auf mein Leben konzentrieren. Nicht im Ansatz darf ich denken, dass sein Leben und meine Mühe umsonst gewesen wären.

Ich erinnere mich an die gut gemeinten Phrasen wie »Ihr müsst nach vorne schauen« und verstehe, wie sie gemeint waren. Aber nach diesem schweren Schicksalsschlag versuchte ich in den ersten Wochen und Monaten, einfach von Tag zu Tag irgendwie zu leben. Jede kleine Tätigkeit ging mir nur mühsam von der Hand und der seelische Schmerz machte mich körperlich gefühllos. Kein körperlicher Schmerz konnte mir etwas anhaben, weil er vom anderen völlig überdeckt war.

Ich wollte nicht nach vorne schauen, ich schaute nach innen, und trotz allen Kummers und der Trauer öffnete dieses schwere Erlebnis mein Herz.

Was andere Menschen im Allgemeinen und in Bezug auf mich denken, ist mir nicht mehr wichtig. Ich kann es nicht beeinflussen. Das liegt außerhalb meines Bereiches und meiner Zuständigkeit und sollte mich nicht allzu sehr berühren.

Eine ganze Woche werde ich alleine in unserem Haus wohnen und ich frage mich, warum mich der Gedanke beunruhigt.

Ich fürchte mich nicht vor Einbruch, vor Dieben oder vor Geräuschen, ich fürchte mich vor dem Gefühl der Einsamkeit. Vermutlich habe ich auch Angst davor, dass mir jemand wegstirbt und ich dann alleine und einsam bin.

Ich bin nicht wirklich alleine, aber am Ende, wenn es Zeit ist zu gehen, werde ich wie jeder Mensch alleine sein. Vielleicht ist etwas in mir, vor dem ich mich fürchte und das mich verzweifeln lässt.

Es ist nicht der Tod, der mir Angst macht. Warum sollte er mich ängstigen, wenn ich ihn mir viele Wochen herbeigewünscht habe? Mir kommt es so vor, als hätte Matteo meine Angst vor dem Tod auf sich genommen. Sein Tod hat sie aufgelöst. Doch in meinem Inneren fühle ich eine Ungewissheit, die in der Einsamkeit immer größer wird. Meine Erfahrung, wie sich plötzlich das ganze Leben verändern kann und wie lange man braucht, um wieder Halt und Orientierung zu finden, macht mich unsicher. Der Gedanke, ich müsste in Zukunft alleine schlimme Krisen bewältigen, ist nur schwer vorstellbar für mich.

Ich werde diese Unsicherheit nicht überwinden können, aber der Glaube an die Unvergänglichkeit der Seele und an die Kraft der Liebe hilft mir. Ich spüre das in meinem

Herzen, auch auf die Gefahr hin, dass es abgedroschen oder kitschig klingen mag.

Albträume

Manchmal, doch zum Glück nur in seltenen Fällen, erreichen mich Albträume im Schlaf. Schreckliche Bilder und seltsame Szenen tauchen in diesen auf. Wahrscheinlich habe ich Sorge um liebe Angehörige oder das Alleinsein am Abend oder in der Nacht bereitet mir großes Unbehagen.

In einem dieser Träume sammelt mein Mann kohlschwarze Arme und Beine ein und legt sie unter einen Tisch. Ich beobachte ihn dabei und höre im Hintergrund eine Stimme sagen, dass die Gliedmaßen meiner Mutter gehören. Ich denke noch bei mir, dass ich froh bin, nicht den toten Kopf oder den Rumpf gesehen zu haben.

In einem anderen Traum lenke ich ein Auto, vor mir fährt mein Mann. Plötzlich hält sein Auto an, es kommt schnell zu einem Stau. Ich steige aus meinem Auto und laufe vor, um zu sehen, was passiert ist. Ich öffne die Autotür meines Mannes, er sitzt regungslos am Steuer, den Kopf seitlich geneigt, etwas Schaum läuft aus seinem Mund. Ich höre Stimmen, die meinen, es sei nichts mehr zu machen, er sei tot.

Der schlimmste Traum, an den ich mich erinnere, war neben meinem verstorbenen Sohn im Bett zu liegen. Ich träumte ihn, als ich zum ersten Mal mehrere Tage und Nächte allein zu Hause war. Auch Silas befindet sich in diesem Bett unter der Decke, ich kann ihn aber nicht sehen. Im Bett daneben liegt ein Todgeweihter, ein Mann mittleren Alters, umgeben von seiner Familie, und alle warten auf sein Ableben. Ein weiteres Bett steht im Raum, um das Angehörige versammelt sind. Diesen Sterbenden kann ich nicht sehen. Ich fühle mich immer elender in dieser Situation, vor allem auch, weil sich so viele Leute im Zimmer befinden. Plötzlich denke ich, in das Gesicht meines Sohnes blicken zu müssen, und habe gleichzeitig Angst davor. Ist er sehr bleich, hat er blutunterlaufene Augenringe oder ist er sonst irgendwie entstellt? Ich kann meine Neugier nicht überwinden und schaue in Matteos Gesicht. Ich erschrecke, sein Mund und seine Wangen sind grell rot, wie geschminkt, und seine Züge verzerrt. Ich kann nicht anders, als mir in diesem Moment seine Todesangst vorzustellen. Es war entsetzlich und ich erwachte sogleich aus diesem Traum.

Immer noch quält mich der Gedanke, nicht zu wissen, ob er sein Sterben mitbekommen hat und ob er Todesangst ausstehen musste. Oft hatte ich überlegt, einen Mediziner zu fragen, ob es schnell gegangen ist. Aber wenn ein Arzt, eine Ärztin sagt, dass er nichts mehr bewusst wahrnehmen konnte, glaube ich sofort, dass sie mich nur beruhigen möchten. Oder sie sagen, dass sie es nicht wissen. Dann habe ich genauso viel Klarheit wie zuvor.

Ich bin mir außerdem nicht sicher, ob es gut war, von meinem toten Kind Abschied zu nehmen, indem ich ihn betrachtete. Es ist auch im Rückblick noch unvorstellbar schlimm.

Sein Tod holte mich doch wieder ein.

Die Realität – schlimmer als Albträume

In das Gesicht deines toten Kindes zu schauen ist unwirklich, unfassbar und der Schmerz mit Worten nicht zu beschreiben. Ich glaube, kein Elternteil kann es begreifen und annehmen. Das Bild des toten Sohnes in meinem Kopf spendet keinen Trost und keine Beruhigung. Ich wünschte, ich hätte es mir erspart, denn ich erinnere mich lieber an meinen lebenden und lebendigen Sohn. Ein Abschiednehmen war so und so unmöglich.

Diese Gedanken lösen in mir zum ersten Mal die Erinnerung an den Moment aus, in dem uns die Todesnachricht übermittelt wurde. Ich durchlebe diese eine Sekunde, in der alles zusammenbricht, wofür ich gelebt habe, noch einmal. Diesen Schmerz wieder zu fühlen überraschte mich, weil es spontan geschah.

Dieser Moment dauerte nicht allzu lange. Ich musste ihn ohnehin gewähren lassen. Der Versuch, mich daran zu erinnern, wie mein Mann und mein zweiter Sohn reagierten oder was sie taten, scheiterte. Für mich war es das Ende der Welt und gleichzeitig musste ich meinen Körper aufrecht halten.

Fieber

In der Nacht bekam ich Fieber. Die Anzeichen waren eindeutig. Starkes Frösteln zwang mich, eine zusätzliche Decke und etwas zu trinken zu holen. Ich wachte immer wieder auf und träumte davon, eine Figur symmetrisch machen zu müssen. Ich entfernte einen Teil auf der einen Seite, um ihn an der anderen Seite, wo er fehlte, zu ergänzen. Erst als ich das geschafft hatte, schlief ich wieder ein.

Am Morgen war das Fieber verschwunden, doch im Laufe des Tages bekam ich wieder Schüttelfrost, das Thermometer zeigte 38,4 Grad. Das ist unangenehm, aber harmlos, und ich greife aus Prinzip nicht gleich zu fiebersenkenden Medikamenten. Die Viren, die grippale Infekte auslösen, werden mit dem Fieber ja bekämpft.

Am Abend dürfte das Fieber noch gestiegen sein, weil ich an folgenden Punkt gekommen bin: Wenn ich jetzt sterben würde, wäre es in Ordnung. Ich habe hier meinen Anteil geleistet. Mein Sohn Silas kommt ohne mich zurecht. Er hat eine liebe Freundin und lebt selbstständig und unabhängig von uns. Meinem Mann würde ich unbedingt sagen, er soll sich wieder eine Partnerin suchen. Mir ist es wichtig, ihn glücklich zu wissen.

Ich fiel kurz in ein tiefes, ekstatisches Glücksgefühl. Wahrscheinlich trug das hohe Fieber das Seine dazu bei, biochemische Prozesse verwirrten mein Gehirn. Meine Gedanken wurden euphorisch und ich freute mich so sehr auf die Begegnung mit Matteo. Auf das Wiedersehen und diesmal auch auf das »Dortbleiben«. Ich war in meiner Vorstellung wieder vereint mit ihm.

Meine Glieder- und Kreuzschmerzen veranlassten mich, auf den Boden der Realität zurückzukommen und etwas Fiebersenkendes und Schmerzstillendes einzunehmen. In meiner Erinnerung aber bleibt ein Glücksgefühl ...

Diese Sehnsucht, tot zu sein, kenne ich erst, seit Matteo gestorben ist. Sie ist nicht nur stark, sie nimmt mich vollständig ein. Es fühlt sich ähnlich an, als wenn ich verliebt wäre und ich die geliebte Person vermissen würde und unbedingt bei ihr sein möchte. Nur ist die Sehnsucht noch viel heftiger und der Vergleich hinkt gewaltig.

Ich weiß, dass mir ein Teil fehlt und immer fehlen wird, und ich kann ihn nicht ersetzen. Ich kompensiere meine Sehnsucht mit anderen Menschen, aber niemand kann die Stelle meines Sohnes einnehmen. Diesen Anspruch kann kein Mensch erfüllen, das ist unmöglich. Aus diesem Grund wird das Gefühl, etwas Wesentliches verloren zu haben, nie vergehen. Mein Leben verläuft anders, als ich es mir vorgestellt hatte.

Aus unerfüllter, unstillbarer Sehnsucht werde ich mein Leben selbst nicht beenden, dafür lebe ich wieder zu gerne. Matteo kann auf mich warten und ich auf ihn.

Beruhigende Träume

Ich liebe den Schlaf und die Nacht. Jedes Einschlafen birgt die Möglichkeit, meinem Sohn im Traum zu begegnen und Traumbilder zu erleben, die meine Sehnsucht nach ihm stillen. Das, was ich mir nach dem Tod meines Sohnes so sehr gewünscht habe, ihm in Träumen nahe zu sein, trat in letzter Zeit häufiger ein. Es sind bunte, lebhafte, kurze glückliche Episoden und die Albträume haben sich zum Glück verabschiedet.

Es kann sein, dass mir Matteo verändert begegnet, mit längeren Haaren, größer gewachsen und etwas älter, und ich wundere mich, dass er nach seinem Tod an Körpergröße zugelegt hat.

Oder er zeigt sich mir gewissermaßen über meiner Person und teilt mir mit, dass es ihm sehr gut gehe – nicht nur gut, nein sehr gut –, und er hofft, dass es uns auch gut geht.

Ein anderer Traum wiederum verlief so, wie es auch in der Realität passieren hätte können. Wir waren unterwegs und machten eine Rast. Meine beiden Söhne saßen mir und meinem Mann, der neben mir war, gegenüber und ich beobachtete sie. Die zwei tuschelten miteinander, lachten und schauten zu mir her. Ich war glücklich, weil sie sich so gut verstanden, und ein Gefühl von Stolz erfüllte mich. Was hatte ich doch für ein Glück mit meiner Familie, mit meinem Mann und mit meinen wohlgeratenen Kindern!

Mein Blick galt dann Matteo. Ich dachte bei mir, dass ich mit ihm zum Arzt gehen muss, damit er sein Herz abhört, ob es gut schlägt. Dann hatte ich den Wunsch, Matteo meinem Therapeuten Ulrich zu zeigen, ihn wissen zu lassen, wie fesch, klug und lieb er war. Ich wollte ihm beweisen, dass ich mit meinen Erzählungen über Matteo nicht übertrieben oder gar gelogen hatte. Ich wünschte mir, dass sie sich kennenlernten.

Zeit und Entfernung - Eine neue Zeit

Früher dachte ich oft, etwas zu versäumen. Das hat sich verändert. Zeit und Entfernung haben in meiner inneren Welt nichts verloren, weil ich sie in meinen Gedanken überschreite. Ich verpasse nichts mehr, das sich wirklich lohnt. Es ist mir gleichgültig geworden, wie lange ich warte, wie lange ich suche, wie lange ich lebe. Ich stelle mir vor, alle Zeit der Welt zu haben, und erfinde für Fragen, die ich gerne beantwortet hätte, eine mögliche Antwort.

Was soll ich noch versäumen? Ich kenne tiefsten Schmerz und Verzweiflung, die ich nie wieder zu verlieren glaubte. Dunkle Tage der Depression und Traurigkeit, unerhörtes Flehen und nicht enden wollende Trauer, Angst aus und in jeder Pore – diese Emotionen sind mir allzu gut bekannt. Ich weiß, wie sich Hilflosigkeit, Aussichtslosigkeit und Verbitterung anfühlen. Ich will seither mit Menschen lieber über Wesentliches sprechen. Belangloses Reden interessiert mich nicht mehr. Mir ist schade um die Zeit, die ich mit leeren Phrasen und Worthülsen vergeude. Es interessiert mich nicht, von jedem anderen mehr zu wissen als von mir selbst und von denen, die mir wichtig sind.

Ich kenne die bedingungslose Liebe zu meinen Kindern, tiefe Liebe überhaupt und das Gefühl von absoluter Geborgenheit und hingebungsvollem Vertrauen. Ich habe das Schwerste und das ganz Leichte kennengelernt.

Meine Innenwelt ist die Welt des Betens und der Betrachtung und ich trenne sie von der Außenwelt, weil ich meine Mitmenschen nicht irritieren möchte und das Leben mit mir nicht komplizierter als notwendig werden sollte. Es ist für mich kein Problem, beide Welten miteinander zu verbinden, weil sie sich ergänzen. Ich bewege und verhalte mich nach außen wie früher, aber mit einem anderen Wissen als vor Matteos Tod. Wobei ich mit Wissen nicht das richtige Wort gefunden habe. Es ist mehr so, dass ich mich damit abfinde, dass nicht alles planbar ist, dass auch für Unvorhergesehenes und Geheimnisvolles im Leben Platz ist. Etwas, das ich spüre, aber nicht begreife. Etwas, das Rätsel aufgibt, und etwas, das zwischen den Zeilen steht und nicht ergründet werden muss.

In meiner inneren Welt spielen Zeit und Raum keine Rolle. Das mag meiner Außenwelt gegenüber unfair sein, denn hier muss ich mich Problemen stellen, Lösungen suchen und unspannende Pflichten wie den Haushalt erledigen. Dinge abzuarbeiten hindert mich manchmal daran, in meine ersehnte Innenwelt einzutauchen. Doch oft ist es gut, mich auf anspruchsvolle Arbeit zu konzentrieren, in ihr oder in einer spannenden Beschäftigung aufzugehen. Ich wechsle zwischen beiden Dimensionen. Ich brauche sie beide.

So wie ich in meiner Vorstellung die Grenzen überschreite, nehme ich in meinen Träumen Zeit, Raum und Gefühle anders wahr. Im Traum fühle ich keine Traurigkeit, wenn ich Matteo begegne, obwohl ich mir immer seines Todes bewusst bin. Ich sehe ihn und bin glücklich. Im Wachzustand wundere ich mich darüber, weil ich hier mit Wehmut an ihn denke.

Noch einmal ein Traumbild

Ich besuche die seit Jahren verstorbenen Nachbarn meiner Eltern. Als Kind war ich oft bei ihnen und sag zu ihnen:

»Jetzt hab ich wirklich genug von meinem Leben!«

Worauf du dich schemenhaft umrissen zu Wort meldest: »Bin ich dir nicht Grund genug, dass du das nicht tust?« Ich beginne daraufhin zu überlegen.

Nach zwei Tagen und zwei Nächten war mir klar: Du bist Grund genug!

Dir diesen Satz in den Mund zu legen, machte mich nachdenklich. Irgendetwas hielt mich aber davon ab, mich näher damit zu beschäftigen.

Todesnacht (letzter Teil)

Nur wenn ich mich von den zutiefst schmerzlichen Emotionen distanzieren kann und ich die Nacht seines Todes gedanklich noch mal erlebe und sie als Zuschauer betrachte, kann ich mehr Ruhe finden. Ich muss es tun, muss das Verdrängte über die Bewusstseinsschwelle ziehen.

Ich suchte sein Brustbein und begann mit der Herzmassage, im Radetzkymarsch-Rhythmus, kam es mir in den Sinn. Meinen Mund presste ich an seinen Mund, um Luft beziehungsweise Sauerstoff hineinzublasen. Doch ich merkte, dass er erbrochen hatte. Von außen war mir nichts aufgefallen. Ich hatte vergessen, als ich die Atmung überprüfte, sofort die Atemwege zu kontrollieren und freizumachen. Also lagerte ich Matteo zur Seite und überstreckte seinen Kopf, öffnete mit meinen Fingern seinen Mund und versuchte, das Erbrochene herauszubekommen.

Ich bin keine Ärztin, war mehr oder weniger auf mich alleine gestellt und wusste nicht, ob ich mit der stabilen Seitenlagerung oder mit der Herzdruckmassage weiter fortfahren sollte. Ich beschloss, wieder meine Reanimationsversuche aufzunehmen.

Zu diesem Zeitpunkt war er wahrscheinlich schon sterbend oder gestorben. Wo ist der Schnitt oder gibt es einen Übergang? Ich fühlte doch noch seine warme Haut und es war, als ob er tief schliefe.

Die Rettung kam, es dauerte gar nicht so lange, sie zogen ihn hinaus in den Flur und begannen ihre Arbeit. Der Notarzt fragte nach Vorerkrankungen und Drogenmissbrauch, ich verneinte. Ich setzte mich auf die unterste Stufe der Treppe und war erleichtert, dass sich Professionisten um meinen Sohn kümmerten. Bevor die Rettungssanitäter Matteo mitnahmen, fragte mich der Arzt nach unserem Verwandtschaftsverhältnis und seinen persönlichen Daten und sagte mir, dass es extrem schlecht aussah für ihn. Ein Prozent Hoffnung war noch übrig. Auf ein Wunder zu warten oder es zu erbitten brachte ich nicht zustande. Ich ahnte, dass es vorbei war.

Drei Frauen des Kriseninterventionsteams trafen nur einige Minuten, nachdem die Rettung mit unserem Sohn weggefahren war, bei uns zu Hause ein. Auch das war mir Bestätigung genug, dass wir nur mehr mit seinem Tod rechnen konnten. Eine Dame des Kriseninterventionsteams bot sich an, Silas von seinem Schulfreund, bei dem er übernachten wollte, abzuholen. Um halb vier rief die Mitarbeiterin des Teams im Krankenhaus an. Die Ärzte konnten sein Herz nicht mehr zum Schlagen bringen. Es hatte versagt.

Die Nachricht seines Todes durchbohrte gleichsam mein Herz.

*Lieber Gott, du weißt doch, dass ich
trotz des Schmerzes und der Sehnsucht
stark und zugleich zart sein möchte.*

*Mein lieber Sohn, die Ungewissheit,
wie du deine letzten Minuten erleben
musstest, quält mich, und auch der
Umstand, dass ich nicht mehr für dich
tun konnte. Du bist und warst mir
neben Silas das Liebste auf Erden. Ich
werde dich immer vermissen und die
Sehnsucht nach dir wird meine
Bestimmung sein. Das, was in dir war,*

versuche ich in mich aufzunehmen, um
deinen Geist weiterleben zu lassen. Ich
glaube, dass auch dein Bruder und
dein Vater so wie ich denken.

Matteo, ich bin froh, dich geboren zu
haben, dich in unserer Familie gehabt
zu haben, Zeuge deiner Seele gewesen
zu sein. Du hast unser Leben
bereichert. Doch leider ist es
unheimlich schwer, dass du vor uns,
deinen Eltern, gegangen bist.

Lieber Matteo, die Zeit bis zum
Wiedersehen wird ganz schnell
vergehen.

Vergiss uns nicht!

Zu Besuch im Himmel

Mit meiner Gitarre am Rücken stand ich nun vor dem Himmelstor, eigentlich war es kein Tor, vielmehr ein unscheinbares Türchen mit einem Messingknauf.

So wie Orpheus mit dem Spiel seiner Leier seine geliebte Eurydike aus der Unterwelt zurück ins Reich der Lebenden holen wollte, hatte auch ich die Absicht, meinen geliebten Sohn wieder in die Welt zu bringen. Ihn gewissermaßen ein zweites Mal zu gebären. Ich glaubte noch immer an ein Leck im göttlichen System und an eine mögliche Korrektur, ich konnte es mir noch nicht aus dem Kopf schlagen.

Von jedem meiner Nachbarn hatte ich mir eine Leiter geborgt und sie mit Seilen zu einer langen Riesenleiter verbunden. Mein Mann half mir dabei und zeigte mir den idealen Knoten, den er vom Segeln oder Fischen kannte. Er war zwar besorgt und konnte meiner verrückten Idee nicht wirklich etwas abgewinnen, aber er kannte mich und wusste, dass er mich nicht umstimmen würde können.

Mit dem Lied »Tears in Heaven«, interpretiert auf meine Weise, wollte ich das Herz Gottes, der Engel, wen immer ich da oben antreffen würde, erweichen. ER weiß von der tiefen Liebe zu Matteo, weil er in mein Herz hineinsieht. Es bedarf daher nicht vieler Worte. Ich übte das Lied, und als ich mich sicher genug fühlte und mir die Leiter lang genug erschien, suchte ich noch ein Seil, das ich wie ein Lasso schwingen konnte. Ich stieg die Sprossen der Leiter empor, höher und höher und wollte mich überraschen lassen, wo ich ankomme. Hoffentlich verließen mich meine Kräfte nicht. An der letzten Sprosse angelangt, schwang ich das Lasso einige Male, viel öfter hätte ich es ohnehin nicht geschafft, und ich spürte, dass es sich wo eingeklinkt hatte. Zuerst hängte ich mich ans Seil, die Leiter noch als Stütze verwendend. Ich vertraute, schaute nicht nach unten und zog mich Zug um Zug, Stück für Stück langsam nach oben. Die Seilschlinge hatte sich um den Messingknauf gelegt. Ich spürte plötzlich wieder Boden unter den Füßen und konnte kaum glauben, was ich mit meinen Augen sah. Mein Puls, von der körperlichen Anstrengung schon erhöht, galoppierte nun davon. Ich versuchte, mich zu beruhigen, denn ich wollte keinen Fehler wie Orpheus machen. Jener hatte, als er mit seiner Geliebten schon am Weg zur Oberwelt war, zu ihr zurückgeschaut und sie dadurch wieder verloren. Was habe ich daraus gelernt? Ich muss meine ganze Kraft, meine ganze Sehnsucht, meine Intelligenz darauf verwenden, ihn wieder mitnehmen zu können. Jedes gehörte Wort musste ich in mich aufnehmen und verstehen, jede Bedingung musste ich erfüllen, ich durfte mir für nichts zu schade sein, musste alles, auch die Angst überwinden, selbst mein Leben musste ich als Einsatz geben.

Ich klopfte zaghaft. Das hörten sie wohl nicht. Ich klopfte fester, dreimal wie im Märchen. »Herein«, ertönte eine Frauenstimme. Mein Puls raste, ich drehte den Knauf und öffnete die Tür.

An einem Schreibtisch saß eine Frau, ebenmäßiges junges Gesicht, strahlend freundliche Augen. Ihr weißes, onduliertes Haar bot dazu einen reizvollen Kontrast. Mit einer Empfangsdame hatte ich nicht gerechnet. Ohne Umschweife erzählte ich ihr von meinem Anliegen und packte inzwischen die Gitarre aus. »Vielleicht hat Gott die falsche Kerze ausgeblasen, versehentlich natürlich, oder den falschen Knopf gedrückt« Ich wollte auf keinen Fall zu vorwurfsvoll klingen.

»Darf ich Ihnen ein Lied vorspielen?« Es war gut, noch eine Gelegenheit für eine Generalprobe vor der eigentlichen Aufführung zu bekommen. Ich legte meinen Schmerz, meine Wehmut, meine ganze Liebe in das Lied und das Gitarrenspiel. Es ging ja um das Leben meines Sohnes. Als ich das Lied beendet hatte (Ich glaube, meine kleinen Fehler hatten sie nicht gestört.), war das Vorzimmer zum Himmel mit meiner Liebe erfüllt. Und die Augen der hübschen Dame waren von Wasser gefüllt. Sie begleitete mich zur nächsten Türe, blickte mich aufmunternd an und meinte noch, Matteo zu kennen. Er unterhalte sich gerne mit Marx, Nietzsche und Curt Cobain.

Ich war ein bisschen stolz, dass er hier oben unter so vielen Verstorbenen bei der Vorzimmerdame kein Unbekannter mehr war. Jene Tür ging schwerer auf und ich betrat den nächsten Raum. Hier saß ein Mann an einem Schreibtisch. Seine flüchtigen, strengen, von einer Nickelbrille umrandeten Augen schüchterten mich ein. Ich bat um Einlass beim lieben Gott, es ginge um eine lebenswichtige Angelegenheit, klärte ich den Himmelsbeamten mit vorgespieltem Selbstbewusstsein auf. »Bei uns geht es immer um Leben und Tod«, entgegnete er mir. »Ja, natürlich, allerdings ist die Liebe zu meinem Sohn mit nichts vergleichbar und er war viel zu kurz auf dieser Welt, kaum geboren, schon wieder verloren. Wissen Sie, ich bemühe mich Tag für Tag, diesen Schmerz zu ertragen.«

»Hier gibt es auch keine Zeit, kein kurzes oder langes Leben, alles einerlei.« Ich wollte über erlittene Ungerechtigkeit klagen, doch spürte ich, dass ich mit Worten bei ihm nicht viel erreichen würde. Vielleicht konnte Musik sein Herz öffnen und ich begann, die Saiten zu zupfen und »Would you know my name, if I saw you in heaven« zu singen. Was würde ich nur machen, wenn Matteo schon vergessen hatte, wer ich war, er mich nicht mehr erkannte? War er ein anderer geworden hier oben? Der Beamte blickte über den Rand seiner Brille, sein Gesicht hatte sich merklich entspannt. »Also gut, Mutter von Matteo, Sie dürfen weitergehen.« Er deutete zu einem Vorhang aus Glasperlen, den ich beiseiteschob. Und dann streifte mich ein Atem, ein Hauch, kühl und angenehm zugleich. Mittlerweile schwitzte ich wegen meiner anstrengenden Mission schon gewaltig. Ich vermisste meinen Mann, ich hätte jetzt seinen Zuspruch gebraucht. Ich sah Dunkelheit, nur ein schwaches Licht in der Entfernung, meine Enttäuschung war groß. Wo war er nur, dieser allmächtige Gott, den ich um die Rückgabe meines Sohnes bitten wollte? So wie einst Orpheus um Eurydike bat. Eine schmale Bank aus Holz stand da, auf der ich Platz nahm. Ich wartete und wartete und ganz sachte vernahm ich eine leise Stimme in mir, die sagte: »Ich erscheine dir, wie du dir mich immer vorstellst. Ich kenne dich und deinen Schmerz, deine Sehnsucht und deinen Wunsch.«

»Bitte, lieber Gott, gib mir meinen Sohn zurück, ich kann nur glücklich werden, wenn er wieder bei mir ist«.

»Ist das Glück deines Sohnes das Wichtigste oder das eigene?«, fragte mich vorsichtig die Stimme. Sie sagte es lieb und behutsam ohne Hintergedanken. »Matteo ist glücklich, es geht ihm gut.«

Dieser beschwerliche Aufstieg konnte doch nicht umsonst gewesen sein! »Du kannst keinen Toten ins Leben zurückholen. Es ist, wie es ist.«

Ich weinte (auch beim Schreiben!). Alles umsonst. Alles vergebens.

»Nie ist etwas umsonst, kein guter Gedanke, kein liebes Wort, keine echte Empfindung sind je umsonst.«

Ich hatte nichts gesagt, aber er konnte ja meine Gedanken lesen und darauf antworten.

»Soll ich dir noch »Tears in Heaven« vorspielen?«

»Spiel es deinem Sohn vor, bleib sitzen, er hört dich von hier.« Der Schmerz flammte von Neuem auf, doch ich spielte es für ihn, für meinen geliebten Matteo.